읽을, 거리

읽을, 거리

김민정의 1월

ㄴㄴ〉〈ㄷㄴ

차례

작

가

의

말

사람은 읽어야 이해되는 책
사랑은 거리로 유지되는 책

1.

　이전부터 내게 있던 1월이고
　앞으로도 내게 있을 1월이라
　한데로 묶어 톺아보고 싶었다.

　1일부터 31일까지 하루하루
　메모라는 쓰기에 기댔다지만
　1일부터 31일까지 하나하나
　장르라는 분류로 갈랐다지만

　얼추 한 권 분량의 이야기를
　여기 이 종이 무덤에 가두니
　1월을 지운들 1월이 아닌들

사람들의 얼굴이 뭉개지거나
사랑하는 순간이 암전되거나
그런 일은 일어나지 않았다.
눈이 아닌 솜의 사정이랄까.

가벼우나 하얗고 부드럽다.
흡수하나 솔직히 내보이다.

이 소박한 읽을거리를 두고
솜의 생김과 그 쓰임이기를
바랐던 마음을 이리 들킨다.

2.

읽을거리라 쉽게 뱉고 보니
읽을 만한 내용일 리 만무해
겁도 나고 부끄러움도 앞서
만만한 게 사이에 쉼표라고
둘 가운데 끼우고는 냅뒀다.

사람은 읽어야 이해되는 책
사랑은 거리로 유지되는 책

사람이 어려우니 썼을 거고
사랑이 아프니까 썼을 거고
책은 밥벌이니 저 끝자리가
필연적인 귀결이었을 테고,

필시 『읽을, 거리』라는 제목이
내 즉흥만이 다가 아니었구나
안도하며 머리에 가져다 쓴다.

3.

'시의적절' 시리즈의 첫 주자다.
11월이었던 순서가 뒤바뀌면서
딱 십 년 만에 얻은 산문집이다.
의도하지 않고 연연하지 않음에
자연스럽게 선물이라 받아든다.

1

월

1

일

일기

하나면 하나지 둘이겠느냐*

하나면 하나지 둘이겠느냐
둘이면 둘이지 셋이겠느냐
셋이면 셋이지 넷은 아니야
넷이면 넷이지 다섯 아니야

부부싸움 끝에 짐을 싸서 내게 온 후배와 와인을 마시는
내내 이 노래를 들었다. 잔소리 대신 참견 대신 훈수 대신
나는 유튜브로 찾은 만화 영상 속 재생만 반복 터치했다. 언
니 왜 이 노래야? 일단 들어. 아니 왜 이 노래냐고. 그냥 좀
들으라니까. 언니 쟤 '영심이' 닮아서? 그래 최고의 칭찬이
다, 이년아. 그니까 언니 나 어떡하냐니까 이혼을 해, 말아.
하나면 하나지 둘이겠느냐 둘이면 둘이지 셋이겠느냐, 진
리의 말씀부터 얼른 받아적어라. 뭐래, 이 언니 취했나봐.

아무리 들어봐도 이 노래 가사를 쓴 배금택 선생 진짜 천재 같지 않냐?

(2020년 1월 1일 수요일)

＊〈셈타령〉. 만화 〈영심이〉 삽입곡 중 하나이다.

1

월

2

일

에세이

하여 작디작음이
크디크다는 것

어쩌다 가벼운 수술이 잡혀 근 일주일 입원하게 되었다. 트렁크를 꾸릴 때 내가 우선하여 챙기는 사물이 몇 있는데 그중 하나가 비누다. 닳을 대로 닳은 세안용 비누와 샤워용 비누를 비닐장갑 다섯손가락 중 잘 들어맞는 데에다 밀어 넣고 포개어 담는데 이 과정을 왜 거치느냐 하면 어떤 물건이 제 쓰임을 다할 때 그 끝을 눈으로 꼭 확인하고파서다. 우리가 내버리는 재활용 쓰레기 중 다 쓴 물건이 태반일까 안 쓸 물건이 거반일까.

다음날 이른 아침 노크와 함께 병실 문이 열렸다. 청소노동자 선생님의 방문이었다. 이내 화장실로 들어간 그의 말이었다. "환자분, 제가 세면대 위에 있는 비누 좀 알아서 담아도 될까요?" 아뿔싸! 샤워를 마친 뒤 물에 젖은 검은 비누

와 하얀 비누를 물에 젖은 비누장갑 위에 아무렇게나 놓아
둔 채 나온 나였구나. 세면대 위로 잿빛 비눗물이 줄줄 흘러
내리는 걸 보고도 에라 모르겠다 나온 나였구나.

청소를 마친 그가 돌아간 뒤에 화장실에 가보니 버건디
컬러의 뚜껑이 덮인 어느 체인 죽집의 네모난 반찬 용기가
세면대 위에 놓여 있었다. 뚜껑을 여니 흑과 백 두 컬러의
비누가 애초 제 곽이 이거라는 듯 평온한 표정이었다. 서로
의 물기가 서로에게 닿을 새라 간격을 둔 채였는데 놀라운
건 표면의 마름이었다. 수고를 견디고 그것에 감사한 사람
은 복되다 하였지. 수고를 지켜보고 그것에 감사한 사람이
니 내 복은 이에 반쯤 가져도 되려나.

퇴원하는 날 이른 아침 청소노동자 선생님의 노크와 함
께 병실 문이 열렸다. 이내 화장실로 들어간 그의 말이었
다. "환자분, 비누 다 쓰신 것 같은데 통은 제가 치워도 될까
요?" 아니요! 그가 깨끗하게 헹궈놓은 빈 용기는 에코백에
담아 어깨에 멨다. 순간 MRI 영상을 함께 보던 의사 선생님
의 말이 떠올랐다. 이 작은 기관이 그 큰 일을 하는 겁니다.

집에 도착하자마자 가방에서 빈 용기를 꺼낸 나는 새 비누 하나 거기 담고 씻은 조약돌 몇 개 거기 넣어두었다.

1
월
3
일

인터뷰

—

박지선
(1984. 11. 3~2020. 11. 2)

2018년 1월 3일 수요일. 용산 CGV에서 함께 영화를 보고 밥을 먹고 차를 마시고 걸어다닌 오늘. 사람들 다가와 찍자 하는 사진 속 너는 '개그우먼 박지선'에 최선을 다하느라 한결같이 친절했고 예외 없이 다정했지.

"언니가 바빠서 얼굴 보자고 하기도 미안. 건강만 해서 언니. 시간 되면 그때는 꼭 언니가 먼저 내 스케줄 물어봐줘."

우리가 말없이 만났을 때까지 그때까지 지선아, 나는 너에게 계속 묻고 있을게.

『벗을 잃고 나는 쓰네』,
이 책 언니 줄게요

intro

책 관련 인터뷰니까 나는 딱 책 얘기만 하고 싶어요. 다부진 말투의 개그우먼 박지선은 그러면서 제 가방에 들어 있던 책들을 잔뜩 꺼내어 늘어놓았다. 내가 만들었으니 단박에 알아챌 수밖에 없는 박준 시인의 시 구절이 수로 놓여 있는 갈색 톤의 천 가방에서였다. "박준 오빠가 탄탄하게 만든 가방이라더니 해진 것 좀 봐, 언니 내가 너무 메고 다녔나봐, 아주 속상해 죽겠어." 뭔가 '덕후'나 '덕력'의 기질을 짐작게 하는 그녀만의 말법. 이쯤에서 고백하건대 우리 둘은 친한 언니 동생 사이다. 솔직한 성격들이다보니 정색하고 처음 뵙습니다, 하는 연기는 도저히 못할 듯싶어 전에 없이 편한 투의 말법이 오간 것도 사실이다. 그러나 당초 기획에는 더할 나위 없이 충실했던 것 같다. 그려라 책만 하자, 하고 우리는 정말 '책'만 했으니까.

개그우먼들끼리 독서 모임을 꾸렸다고 하더니만 잘하고 있나요? 회장을 맡았다고 한 게 지난 12월이었는데 말이지요.

박지선 | 모임 이름은 '심비디움'이고요, 지금은 방학 기간이에요. 우연히 제가 송은이 선배가 하는 라디오에 나갔다가 사적으로 독서 모임 같은 걸 한다니까 은이 선배님이 개그우먼들도 그런 거 하나 있으면 좋겠다, 해서 급 결성이 되었던 건데요, 멤버는 송은이, 김숙, 강유미, 신봉선, 안영미 선배님들과 저 이렇게 여섯이요.

무슨 뜻인가요? 신비로움의 뉘앙스로도 읽히네요.

박지선 | 제가 지었거든요. 화려하고 색깔이 다양한 꽃을 피우는 강인한 난과 식물이라는데 왠지 개그우먼들과 이미지가 잘 맞겠다 싶더라고요. 또 뭔가 심포지엄 같잖아요. 아직까지 오프라인에서 전 멤버가 모여본 적은 없어요. 면면이 다 바쁜 사람들이라 단체 카톡방 만들어서 책 얘기는 주로 그 공간에서 하고 있어요.

책 선정부터 발제와 감상과 토론까지 온라인에서 진행하기에 벅찰 것도 같은데 보통 어떤 식으로 독서 모임을 진행하나요?

박지선 | 읽고 싶은 책 선정하자니까 무서워들 하시더라고요. (웃음) 발제에 대한 거부감도 있으셨고요. 그럴 수 있잖아요. 또 책을 자주 접해온 분들과 그렇지 않은 분들이 섞여 있는 어려움도 있고요. 그래서 일단 제가 다 하겠습니다, 했죠. 왜 언니에게도 몇 번 전화를 드렸잖아요. 멤버들 면면을 고려해서 엄청 고민해가면서 책 정해왔어요.

리스트가 궁금한데요.

박지선 | 1월에는 박정민 배우님의『쓸 만한 인간』, 2월에는 김애란 작가님의 소설집『비행운』가운데「너의 여름은 어떠니」를 함께 읽었어요. 그 작품을 제가 되게 좋아해요. 그래서 이건 단편소설이니까 겁먹지들 말고 읽어보자 했어요. 개그우먼들이 되게 좋아할 것 같았거든요. 공감대 형성도 잘될 것 같았고요. 그랬더니 정말로 다들 너무 좋다는 거예요. 그래서 3월에는 이왕에 이렇게 된 거 다른 책을 정할 게 아니라『비행운』을 통으로 다 읽어보자 했어요. 제가 막

팁을 줬죠. 잘 알지도 못하면서 김애란님 매니저처럼 자 일단은 좀 어둡다, 놀라지 말고 보시라, 김애란 작가님은 어떤 분이다, 막 썰을 보탰죠. 다 읽고 난 뒤에는 여러분들은 어떤 게 가장 비극이라고 생각하는가, 각자 비극의 순서를 정해보자 하면서 감상을 이끌었어요. 무겁고 딱딱하지 않게요. 4월에는 마스다 미리의 『주말엔 숲으로』를 읽었어요. 이렇게 무리 없이 읽히니까 좀 다른 장르로 가고 싶어서 5월에 『샘에게 보내는 편지』를 정했는데 아, 거기서들 힘들어하시는 거예요. 그랬더니 송은이 선배님이 방학을 합시다, 그래요. 그때 방학을 맞이했어요. 그렇게 6월과 7월을 쉬었고, 8월 책으로는 최은영 작가의 『내게 무해한 사람』을 정해놓은 참이에요.

책은 다 사겠지요? 인증하나요?

박지선 | 그럼요. 게다가 송은이 선배가 지갑을 잘 여세요. 저 같은 경우는 우리 회원분들의 취향에 맞는 걸 찾아야 하니까 미리 사는 편인데 송은이 선배님이 자주 책을 뿌리시는 편이에요. 전부 만나기는 어려워도 각개로는 자주 볼 수 있잖아요. 보면 건네시는 거죠. 저도 『비행운』이랑 『주말

엔 숲으로』는 은이 선배가 사줬어요.

책 사주는 사람, 참 좋은 사람인데. 저마다 애정이 많겠어요.

박지선 | 신봉선 선배는 이 모임이 너무 고맙다고 전화를 따로 주셨어요. 인생의 새로운 재미랄까, 다른 삶을 하나 찾은 것 같다고도 하셨고요. 안영미 선배도 텔레비전으로 보면 엄청 개구지고 그렇잖아요. 근데 책 흡수가 정말 빠르세요. 리뷰도 가끔 카톡방에 올려주는데 와 이런 생각도 하시는구나, 그 사람의 사유를 엿보게 되니까 되게 뿌듯하고 보람되고 그렇더라고요.

대체 언제부터 책을 좋아하게 된 건가요?

박지선 | 저는 '사람'을 되게 좋아하거든요. 그런데 제가 좋아하는 사람들이 다 책을 좋아한 거예요. 그래서 제가 좋아하는 사람들이 좋아하는 '책'을 저도 좋아하게 되었어요. 특히 대학교 때 만난 친구 중에 개쟁이라고, 제가 가장 좋아하는 친구가 있는데요, 그 친구의 영향이 아주아주 절대적이었던 것 같아요. 제가 여름에 몸이 아파 갑자기 휴학을 하게 되었는데요, 그 친구가 집으로 『무진기행』과 만화 『괴짜가

족』을 잔뜩 보내줬어요. 『무진기행』 면지에 "지돌, 무진에서의 그림을 담아"라는 사인을 적어서요. 휴학을 하고 아무 일도 안 했을 때니까 쉬면서 놀면서 그 책을 다시 보는데 수능 지문으로 봤을 때랑 너무 다른 거예요. 너무 재밌는 거예요. 천명관님의 『고래』, 박민규님의 『죽은 왕녀를 위한 파반느』 같은 장편소설들도 그 친구 덕분에 알게 되어 읽었어요. 제가 국어교육을 이중전공으로 했는데요, 국어가 특별히 좋아서가 아니라 그 친구가 가기에 따라갈 정도였다니까요.

그 친구가 없었다면 오늘날 심비디움도 없었겠어요.

박지선 | 근데 그 친구가 재작년에 세상을 떠났어요. (……) 제 큰 부분이 없어져버린 거죠. 그 빈자리는 절대로 못 채울 테지만, 그 빈자리는 계속 느끼게 될 테지만, 뭐라도 하고 싶어서 재작년부터 그 친구가 나가던 독서 모임에 나가고 있어요. 슬픔을 이기는 방법은 다 상대적인 거니까 다들 어떨지 모르겠는데 이 독서 모임 친구들은 그걸 책에서 찾기도 하더라고요. 해서 각자 나누고 싶은 책을 들고 와서 말하기도 하고, 그러면서 자연스럽게 그 친구와 저마다

의 추억을 쏟아내기도 하고······

음······ 그거야말로 진짜배기 애도의 과정 같은데요.

박지선 | 저는 그때 『벗을 잃고 나는 쓰네』라는 책을 들고 갔는데요, 거기 이런 대목이 나와요. 아픈 김유정님에 대해서 안타까워하는 채만식님이 뭐라고 썼냐면 "나 같은 명색없는 작가 여남은 갖다주고 다시 물러오고 싶다". 봐요, 제가 표시해뒀잖아요. 제 마음이 딱 그랬거든요. "세상에 법 없이도 살 사람이 유정임을 절절히 느꼈다. 공손하되 허식이 아니요, 다정하되 그냥 정이요, 유정에게 어디 교만이 있으리오." 제 친구가 딱 그랬거든요. 워낙에 책을 사랑한 친구였으니까, 저는 어쨌든 그 친구랑 십몇 년 동안 좋았던 기억밖에는 없으니까, 둘이 함께 좋아하던 책으로 계속 추억을 하니까 그 친구의 부재가 어디 이민 가 있는 정도로 받아들여지더라고요.

개쟁씨 말고, 책을 권한 사람이나 어떤 계기가 또한 있었을까요.

박지선 | 〈개그콘서트〉 할 때 김석현 감독님이라고 제가

아주 좋아하는 분이 있었어요. 하루는 그분이 지나가는 말로 "지선아 너 앞으로 방송 오래하려면 책 많이 읽어야 해" 하시는 거예요. 순간 번뜩했어요. 그러고 얼마 안 가 한 개그맨 선배님이 "지선아, 너 라디오 되게 좋아하잖아. 진행해 봐서 알겠지만 오는 문자들은 매일매일 다 비슷비슷해. 그렇다고 너도 사람인데 매번 다른 코멘트를 할 수는 없어. 근데 어휘가 풍부해지면 코멘트가 다른 것처럼 느껴질 순 있을 거야. 그건 책밖에 없거든. 책을 많이 읽어볼래?" 언니 제 스타일 알잖아요. 저한테 좋은 얘기라면 제가 찰떡같이 알아먹고 받아먹잖아요. 그런 뒤부터 손에 책 들고 다니게 된 거예요.

확실히 책을 읽으니까 어휘들이 푹푹 쌓이던가요?

박지선 | 일단 재밌고 저하고 잘 맞는 단어들은 실전에 쓰게 되더라고요. 예컨대 '왕왕'이라든가 '혁혁'이라든가, 저는 그런 단어를 발음할 때 귀엽고 웃긴 느낌이 들거든요. 그래서 자주 해요. 그러면서 책에 대한 애틋함이 점점 쌓여가는 걸 확인했고요. 공감이라고 하죠. 왜 이게 너무 좋으니까 또 작가님들을 직접 만나고 싶어지는 거예요. 이 타이밍에

아이돌 좋아했던 덕력이 여기서도 샘솟더라고요. 개인적으로 소개를 받아 만날 수 있는 기회도 만들면 되겠지만 제 덕력이 그걸 허락하지 않더라고요. 그렇게 쉽게 만나고 싶지 않더라고요. 저도 다른 독자분들처럼 작가님들에게 어렵게 다가가고 싶더라고요. 해서 작년 7월에 박준 시인 산문집 나와서 사인회 한다고 소식 듣자마자 광화문 교보로 달려가서 두 시간 줄 서서 사인도 받고 그랬던 거예요. 엄청 습했잖아요. 비도 오고 후덥지근하고 그건 별로였는데 봐봐요, 제가 긴 사인 줄에 서 있다가 짠, 하고 책을 내밀어요. 근데 그게 박지선이야, 그럼 약간의 놀람으로 절 더 오래 기억해줄 거 아니에요. 제 오랜 덕력이 그걸 아는 거예요.

박준 시인에 대한 애정은 뭐 널리 소문이 난 거니까요. 언제부터 그에게 덕력을 쏟게 된 건가요?

박지선 | 하루는 강연을 마치고 나오는데 팬분이 제게 박준 시인의 시집을 선물로 주셨어요. 제가 좋아하는 책인데 언니도 읽어보셨으면 좋겠어요, 포스트잇에 써서요. 『당신의 이름을 지어다가 며칠은 먹었다』라는 제목부터 좋았어요. 엄청 열심히 읽었어요. 저하고 잘 맞았어요. 그래서 산

문집이 나올 거라는 걸 알고 엄청 기다렸지요. 특히 제가 박준 오빠가 쓴 「아침밥」이라는 산문을 좋아했는데요, 그게 실린 책을 사고 싶었어요. 책으로 묶이기 전에 다듬어지기 전에 그 글이 어디 실린 적이 있었을 거예요. 그때 필사도 미리 해둔 참이었거든요. 그러니 나오자마자 야호, 하고 영등포 교보문고 가서 당장에 샀지요.

세상에나…… 박준이 무슨 아이돌도 아닌데…… 그런 애정 만세라니요. 그나저나 필사가 습관이군요.

박지선 | 저는 책을 읽을 때요, 첫 페이지 쫙 펴서 끝 페이지까지 쭉 다 읽는 성실한 스타일의 독자가 아니에요. 대신 항상 책을 갖고 다니잖아요. 그러면서, 그러다가 꽂히는 구절, 다른 건 몰라도, 다른 게 별로여도, 제가 본 한 구절이 기가 막히게 좋으면 그 책이 무지 의미가 있다고 여겨요. 한 문장만 마음에 와닿아도 그건 제겐 좋은 책이에요. 그래서 짬날 때마다 발췌를 해요. 좋은 문장들은 반드시 필사를 하고요, 포스트잇도 붙여놓고 그래요. 제가 요즘 포스트잇을 가장 많이 붙인 책은 최은영님의 『내게 무해한 사람』인데 이 책에서 가장 좋아하는 구절은 "책의 귀퉁이를 접듯이 시

간의 한 부분을 접고 싶었다"였어요. 이 표현이 그냥 예쁜 거예요. 예쁜 표현들이 저는 그냥 좋은 거예요. 그래서 필사를 하죠.

필사를 가장 많이 한 작가는 누구인가요?

박지선 | 당연히 박준님이죠.

에잇, 괜한 걸 물었네요. 근데 정말 박준 시인이 왜 그렇게 좋은 거예요?

박지선 | 사실 작가님을 직접 만나는 일에는 두려움도 크거든요. 책이랑 사람이 너무 다르면 실망을 할 수도 있잖아요. 근데 박준 오빠는 책이랑 사람이 너무 달라서 좋은 거예요. 사람이 너무 밝아. 이 오빠가 이런 어둡고 쓸쓸한 장면을 썼다고? 믿기지 않을 만큼 극명하게 다른 거예요. 하여간에 너무 귀엽고 예쁜 사람이야, 박준 오빠는. 또 한 사람, 배우 박정민도 그랬어요. 그 친구가 쓴 책 언니도 봤지요? 처음 봤을 때는 낯을 너무 가리더니 한 네번째 보니까 책이랑 사람이 똑같은 거예요. 위트 넘치고 완전 짱 웃기는 게 책이 딱 사람 박정민인 거예요. 박준 오빠는 책이랑 너무 달

라서 좋고, 정민이는 책이랑 너무 같아서 좋고, 하여튼 책으로 만난 이 두 사람은 사람으로 만나서 더 좋았어요.

진짜로 책, 그러면 무슨 생각이 떠올라요?

박지선 | 재밌는 거? 재밌는 거! 선물하기 좋은 거!

책 선물을 정말 많이 하나요?

박지선 | 웬만하면 책을 사는 편이에요. 뮤지션분이 공연을 한다거나 영화 시사회에 초대를 받았을 때 먹을거리 이런 거 사갈 수도 있는데 초대하신 분께 허락을 구하고 응해주시면 대부분 책 한 세 권 정도 사가는 편이에요. 그리고 친구들 만나거나 할 때도 제가 읽던 거, 포스트잇 막 붙은 건데도 주고 싶으면 그냥 줘요. 표시한 건 내가 감명 깊게 읽은 부분이야, 앞에 써서요.

놀랍군요. 난 그렇게 내 손때가 묻은 것까지는 절대로 남에게 못 줄 것 같거든요. 주고 나면 잊을 거 아녜요.

박지선 | 필사, 필사, 제겐 필사가 있다니까요. 이 필사한 다이어리는 절대 누구에게도 못 주죠. 일단 책을 읽고 그게 너

무너무 좋으면 갖고 있어요. 그런데 너무 좋아보다 약간 아래의 마음이 들면 주저 없이 그냥 줘요. 저는 서점에 가서도 사람들에게 직접 책 많이 권하거든요? 옆에 있는 분께 이거 보세요, 이거 재밌어요, 그러면 그래요? 하고 또 보세요. 저는요, 진짜 좋은 책을 사람들이 진짜 많이 읽었으면 좋겠어요.

뭔가 질문을 자주 하는 사람이잖아요. 그거 뭐예요? 하고 자주 묻는 사람이잖아요. 어느 날 전화로 내게 그랬죠. 언니, 시는 어떻게 읽는 거예요?라고.

박지선 | 아, 맞다, 시흥 가는 길에 전화를 했었어요. 이동우 선배에게 기형도 시인의 시를 읽어드리기로 했는데 어떻게 읽어야 하는지 막막하더라고요. 시는 아직 심비디움에 추천해보지 못했어요. 명확하지 않으니까 망설여지는 거예요. 느끼는 바가 너무 다르니까 어렵더라고요. 그런데 최근에 좋아하는 시 한 편을 읽었어요. 언니 이 시 알아요? 신미나 시인의 「오이지」요. "헤어진 애인이 꿈에 나왔다// 물기 좀 짜줘요/오이지를 베로 싸서 줬더니/꼭 눈덩이를 뭉치듯/고들고들하게 물기를 짜서 돌려주었다//꿈속에서도/그런 게 미안했다". 이게 왜 좋았냐면, 제목이 동시 같잖아

요. 그런데 전혀 다르게 풀린 거예요. 오이지, 재밌는데 읽고 나면 반전이야. 나 이런 게 너무 좋아요.

사는 건 요즘 어때요? 행복해요?

박지선 │ 네. 요새는 영화 되게 많이 보거든요. 제게 GV 행사를 좀 맡겨주서서 임종 직전까지 못 볼 영화배우들도 많이 만나고 그러거든요. 전 새로운 사람 만나는 걸 좋아하잖아요. 그러면서 보죠. 영화계 사람들은 이럴 때 이렇게 말씀하시는구나, 그럼 나는 이럴 때 이렇게 말씀드려야겠다. 매번 같은 틀처럼 보여도 다른 영화에 다른 배우들이니까 매번 다른 상황에 처하는 기분이거든요. 그런 제가 전 또 재밌는 거예요. 또 아이돌 팬미팅 사회도 많이 보거든요. 아무리 내가 준비를 해가도 팬분들의 수준은 절대로 될 수가 없으니까 내가 클럽 H.O.T. 였던 걸 살려서 어느 정도 분석을 해서 얼추 맞추는 가려고 해요. 에이, 재미만 있을까, 일은 일이지. 왜냐면 그냥 만나는 게 아니라 그 사람의 모든 걸 다 찾아보고 알아보고 준비해서 가거든요. 알고 반응하는 것과 모르고 반응하는 것은 정말 다르니까요. 행사는 하루에 한 시간 남짓이지만 몇 날 며칠을 빼요. 안 힘들어요.

재밌어서 하는 일이니까요.

요즘에는 무슨 책 읽고 있어요?

박지선 | 일단은 박연준님의 『소란』이요. 읽기 시작한 지한 석 달 되었어요. 그걸 사면서 루테인도 같이 샀어요. 복용하면서 읽고 있어요. 글씨가 너무 작아서요, 돋보기로 봐야 해요. 『황현산의 사소한 부탁』은 어제도 계속 들고 다녔어요. "그는 알 뿐, 사랑하지 않는다", 그 대목. 평범할 수도 있는데 맞아, 맞아, 그러면서 보고 있어요. 참, 스티븐 호킹책도 봤어요. 서점에서 사지는 않고 서서 다 읽었는데 근데제목이 뭐였지? 뭐였더라. 언니 내가 나중에 가르쳐줄게요.

참, 아까 그 김유정과 채만식 나오는 그 책 제목이 뭐였다고했지요?

박지선 | 『벗을 잃고 나는 쓰네』. 언니 이거 가져가요. 가져가서 써요. 언니 줄게요.

(한국일보 2018년 8월 17일)

인터뷰

—

김화영

"참, 내가 말했던가?
카뮈는 1913년 11월 7일에 태어나
1960년 1월 4일에 죽었어."

카뮈의 기일을 기억하게 한 건
그날의 김화영 선생님이셨다.

1957년 10월 9일 이후
나는 문학밖에 한 게 없어

이 자리를 약속한 순간부터 뵈러 오는 오늘까지 아이고 아이고, 한숨을 몇 번이나 쉬었는지 몰라요. 뭘 어떻게 준비해야 하나 막막해서 일단 저자로든 역자로든 선생님 성함 박힌 책이나 장바구니에 담아보는데 세상에나 번역서만 백 권이 넘는 거예요. 에라 모르겠다, 포기하고 겨우 귀만 뚫어가지고 왔네요.

김화영 | 에이, 민정씨가 오버하는 거지, 내가 얼마나 먹고 노는 걸 좋아하는 만만한 사람인데. 부담 없이 해. 무슨 오해들을 하는지 모르겠지만 나 아주 편한 사람이야. 내 인생의 기조는 제멋에 겨워서 흥, 능수야 버들아 흥, 뭐 이런 거라고.

아, 그렇다면! 자, 시작해볼까요?
김화영 | 좋지.

선생님을 알고 싶다 하니 베이비 김화영의 시절부터 올라가지 않을 수가 없더라고요. 그래서 일종의 약전略傳으로다가 연대기적으로 선생님을 물고 늘어져보려고 해요. 외람되지만 칠십을 살짝 넘기셨단 말이죠. 제 아버지 연배이신데 단순 비교를 해봐도 선생님은 외국 사람, 우리 아빠는 한국 사람 같단 말이죠. 보통 사람들과는 뭔가 삶의 차원이 다른 거예요. 그러다 우연찮게 할머니께서 지역의 유명한 규방가사 작가라는 얘기를 들었어요. 역시 피의 문제였을까요.

김화영 | 작가라고 할 것까지는 아니고 남들보다 좀 잘하는 정도였다고 해야 정확할 거야. 내가 경북 영주가 고향인데 할머니가 거기 영주에서 봉화를 거쳐 불영계곡 들어서기 전에 닭실(유곡), 그리고 토일(높은 산에서 돌연 떠오른 해가 토하듯 쏟아진다고 해서 吐日이야)이라는 동네가 있어. 그곳 안동 권씨 집안에서 우리 김가로 시집을 오셨어. 당시 여자들한테는 한문 잘 안 가르쳤는데 할머니는 서당 근처에서 어깨너머로 배운 실력이 좀 있었나봐. 그것보다 총기가 좋았다고 해야 하나. 아무튼 항상 내 머리맡에 앉아 『춘향전』은 기본이고, 『사씨남정기』 『추풍감별곡』 『숙향전』

같은 우리 고전소설을 암송하곤 하셨어. 잠이 솔솔 오는데도 일정한 박자와 리듬이 구성졌어. 밤늦도록 집에서 할머니가 물레로 무명실을 잣고 베틀에서 베를 짜서 심지어 무명베에 물을 들이는 공정까지 다 했는데 가사노동의 시름을 아마도 그거 외워가며 달래지 않았을까 싶어. 그 솜씨 덕분에 난 양복바지 입고 학교 다녔다고.

양복바지요? 세상에나 그 시절에 수제 양복바지를 입은 초등학생이라니 완전 왕자잖아요.

김화영 | 그때 아버지는 서울 가 계시고 나는 할머니가 집안의 장남이라며 절대 못 보낸다고 해서 시골에서 컸어. 기껏해야 사십대 말에서 오십대 초반의 나이였을 테니 지금 생각해보면 얼마나 젊어. 그런데도 내겐 언제나 늙은 할머니었어. 소위 양반집에서 자란 때문인지 다른 사람하고는 행동거지가 많이 달랐던 것 같아. 자세가 꼿꼿하고 행실이 똑발랐다고 해야 하나. 집에 『몽유록』이라는 두루마리 수제본 책이 남아 있는데 당신이 붓으로 다 쓰신 거야. 말마따나 '꿈속에서 놀던 곳 이야기'지. 내가 아직도 그 첫 구절을 외워. "청량산 맑은 바람 낙동강 푸른 물에 신구서적 내

어놓고 두어 자 읽으려니 홀연히 잠이 들어 낮꿈을 꾸었더라." 뭐 이렇게 시작하는 건데 규방가사 쓰고 적는 것 말고 실은 주된 일이 있으셨어. 옛날에 혼인식을 할 때 반가에서는 사돈지라고 해서 상대편 댁에 편지를 보냈다고. 괜찮은 집안에서는 사돈지 다 주고받았다고. 딸을 보내니 어여삐 잘 거두어주십사, 하는 것이 주 골자였는데 할머니가 글도 잘 짓고 글씨도 잘 써서 그거 받으려고 사람들이 꽤 찾아오곤 했지.

아, 사돈지라는 게 있구나. 저는 무식해서 그 말을 오늘에야 처음 들어봤어요. 그나저나 글쓰고 글 읊는 할머니 곁에서 자랐으니 어릴 때부터 문학이 절로 와 몸에 스몄겠어요.

김화영 | 문학까지야 뭐. 아무래도 내 언어 감각을 깨우는 데 어떤 영향을 끼쳤을 거라고 봐야지. 가령 이문열 같은 작가의 작품을 잘 읽어봐. 그의 초기 소설들을 보면 당시 반가에서 한문책 읽고 배우고 자란 사람들이 체득한 특유의 리듬 같은 게 느껴져. 예를 들어 『그대 다시는 고향에 가지 못하리』 같은 소설을 한번 소리내어 읽어봐. 자기도 모르게 몸에 익혀져 나오는 리듬이 내용과 맞아떨어져서 아주 절

묘한 맛이 나거든.

어느 산문에선가 선생님이 쓴 이런 구절을 읽은 기억이 나요. "서울로 떠나는 어린 나를 위해 할머니가 과수원의 사과들을 낱개로 팔아 겨우내 모은 돈을 꼬개꼬개 뭉쳐서 '개홧주머니' 속에 깊이 넣어주셨다." 그니까 과수원집 아들이었다는 얘기잖아요. 저는 과일 농사 짓는 시골집 막내딸로 태어나는 게 소원이었거든요. 소년 김화영의 어린 시절, 물론 공부는 끝내주게 잘했겠지요? (웃음)

김화영 | 당시 가난한 살림으로 보면 그렇게 멋있을 게 없어. 다만 그때 우리집이 과수원 한가운데 있었으니 일종의 독가촌이라, 마을로부터는 덜렁, 하니 떨어져 있었어. 과수원 바로 옆에 있는 초등학교를 다녔는데 친구들은 방과후에 북쪽으로 삼삼오오 저희들끼리 집으로 돌아갔을 거 아니야. 그런데 나는 남쪽으로 혼자 돌아와야 했지. 이렇게 되면 할일이라는 게 뭐겠어. 육학년 때 영주 읍내에 있는 중부초등학교로 전학을 가서 하숙을 했어. 지금도 나는 매년 5월 15일 스승의 날이면 집사람과 함께 옛 스승을 뵈러 가. 과천 김갑동 선생님 댁에. 그때 내 담임 선생님이셨는데 구

십이 가까운데도 아직 정정하시지. 처음 전학을 가자마자 시험을 쳤는데 성적이 괜찮단 말이지. 그러니까 이건 될 물건이다 싶으셨는지 밤마다 당신 집에 불러들여 공짜로 과외를 시켜주셨어. 심지어 당신 어머니가 아예 내게 밤참을 차려주셔. 생각해봐. 촌놈이 하나 전학을 왔는데 공부를 꽤하지, 경기중학 간다고 하지, 그럼 혼신의 힘을 다하지 않았겠어? 그 고마운 분 덕에 나는 상경에 성공했지. 야박한 지금의 과외를 생각하면 참 꿈같은 얘기야.

김갑동 선생님이시라…… 그런 스승이 또 어디 있겠어요. 그런데 당시 경북 영주면 완전 시골이었을 텐데 어떻게 경기중학에 갈 엄두를 다 내신 건지요.

김화영 | 영주만 해도 읍내가 도회지지. 우리집은 면 소재지도 아닌 영주군 부석면 상석리였어. 그런데도 사람은 경기중학 나오고 경성제대 나와야 한다는 게 우리 아버지의 반복되는 레퍼토리였어. 아버지 동생들, 그러니까 내 삼촌들은 공부들 많이 했다고. 그중 서울대 불문과 다니던 막내 삼촌의 영향으로 일찌감치 프랑스문학에 눈을 뜬 것도 맞지. 아버지는 중학교 다니다가 할아버지가 양반 자식이 그

딴 거 배워 뭣 하냐고 때려치우게 해서 한도 깊고 평생 이 일 저 일 고생깨나 했거든. 내가 고등학교 때부터 대학 때까지였나, 사업에 실패한 우리 아버지가 고대 도서관에서 한문 서적을 담당하는 사서 노릇도 했어. 지금도 고대 문과대 입구에 가면 의암 손병희 선생 흉상이 있는데 그 아래 박힌 글씨도 우리 아버지가 쓴 거야. 아마 의암 선생 묘비에 적힌 글씨도 아버지 솜씨일 거야. 아버지가 아르바이트로 뭘 했냐면 당시 졸업장 보면 왜 본적, 생년월일, 성명을 모필로 적어넣게 되어 있잖아. 그걸 붓으로 쓰셨어. 당시 고대 학생들의 졸업장 대부분이 죄다 아버지 글씨였을 거야. 말단이라고 해도 고대 직원이었으니까 나도 고대 갔으면 학비는 공짜였을 텐데 당시 고대에 불문과가 생기기 전이라 가고 싶어도 못 갔지. 그래서 하는 수 없이 서울대 간 거야.

사람이 하는 수 없어서, 어쩔 수 없어서 서울대를 가기도 하는군요. (웃음) 영주 소년 김화영의 중고등학교 시절은 어땠나요.

김화영 | 초등학교 졸업하고 경기중학 시험 치러 올라가기 전날이었는데 동창생 녀석 몇이 딴에는 송별회라고 어

떤 집 외진 골방으로 날 불러 막걸리를 사줬던 기억이 나. 갓 초등학교를 졸업한 어린것들이 조숙하기도 하고 낭만도 좀 알고 그랬던 시절이야, 가만 보면. 경기중학 붙고 보니까 총 여섯 반에 정원이 사백이십 명이야. 그뒤에 보결생도 꽤 많이 들어오더군. 당시 동기들 중에 경상도에서 시험 쳐서 들어온 건 나밖에 없었어. 내가 똑똑해서가 아니라 당시 영주에서 공부 좀 한다는 애들은 다들 대구 경북중학교 갔거든. 말이 명문이지 전쟁 끝나고 수복 직후에 몇 채의 판잣집이 전부였던 경기중학까지 올 이유는 없었거든. 당시 경기중학은 이북에서 내려온 소수를 제외하고는 주로 왕궁 근처 중심지에 사는 애들이 많았어. 말씨를 보면 알아. 출신지가 동대문 안이냐 밖이냐 그것도 바로 알 수 있어. '그냥'을 '기냥'이라 그러고 '여덟'도 '야덟'이라 그래. 내 인생 최초로 경이롭고 두려운 어떤 '타자他者'를 만난 거지, '어쩐말(서울말)'이라는 타자. 홀로 상경한 어린것이 낯선 환경에서 어떻게든 살아남아야 하잖아. 소외당하면 안 되니까. 같은 우리말이어도 서울말 특유의 어휘, 특히 어미 부분 억양의 올리고 내리고 꼬부리고 뒤트는 그 미묘한 음성학적 곡예 때문에 습득이 쉽지 않았어. 그래 자꾸 눈치를 보게 되더라

43

고. 그게 훗날 보니 외국어 습득이나 번역의 훈련 과정 중 하나였더라고. 다른 언어나 동일 언어나 새로운 환경 속의 소통이란 건 일종의 번역이니까. 그런데 고통스럽고 고독하게 서울말 억양 좀 배워서 방학 때 고향집에 내려갔더니만 이거 완전 놀림감이야. 식구들이 밥상머리에서 "야가 언제부터 이리 어쩐말을 잘 씨부리게 됐노" 하며 막 놀려. 서울에서나 영주에서나 미운 오리 새끼요, 이방인이 된 거지. 그때부터 나는 언어의 여러 층위와 미세한 음성학적 변주에 민감해졌던 것 같아. 내가 외국어, 특히 불어 습득에 소질을 다소 보일 수 있었다면 그건 내가 잘나서가 아니라 언어가 생존과 밀접한 연관이 있다는 걸 일찌감치 깨달았기 때문일 거야.

경기중학, 경기고를 거쳐 서울대라는 엘리트 코스를 고스란히 밟으신 거잖아요. 몇몇 분들 얘기를 들어봐도 그 시절에 공부도 잘하고 운동도 잘하고 예술도 잘하고 다방면에 만능인 분들이 참 많았더라고요, 세상 불공평하게.

김화영 | 엘리트 코스라고 해봤자 내가 골라골라 들어선 길이 결국 문학의 세계니 좀 엉뚱하지. 처음 중학교 들어가

서는 미술부 해가며 신나게 그림을 그렸어. 물론 책 읽는 게 아주 재미있어서 몰래 뒤에 숨어 탐정소설과 애정소설 많이 봤지. 김내성, 방인근 같은 작가들 꽤 탐독했어. 이학년 초에 미술반 친구 셋이랑 당시 유명 잡지였던 『학원』사 주최 미술대회에 수채화를 몇 점 출품했는데 글쎄 나만 떨어진 거야. 어린 마음에 실망이 어찌나 컸던지 당장에 미술부를 때려치웠어. 그러고는 배구부에 들어갔는데 손가락이 너무 아파서 그것도 더는 못하겠는 거야. 당시 나는 충무로 4가에 있던 외가에서 기식했는데 제법 큰 일본식 적산가옥 이층에 외숙의 친구분 아들딸들이 시골에서 올라와 거기 묵어가며 학교를 다니고 있었어. 고등학생부터 대학원생까지 여럿 만났는데 그중 한 분이 서강대 영문과 교수 하셨던 김용권 선생님이야. 당시 서울대 영문과 대학원에 재학중으로 나를 귀여워해서 종종 방에 불러 구경도 시켜주고는 했는데 그분 책상 밑 발치에 쌓여 있는 책들 가운데 여러 권의 『현대문학』을 보게 된 거야. 내가 서울에 올라온 게 1955년인데 바로 그해 『현대문학』 창간호가 나왔거든. 시는 물론이고 단편소설 장편소설 가릴 것 없이 엄청나게 읽어댔어. 무슨 뜻인지도 모르는 경우가 많았지만 말이야. 그러다 어느 날 집 앞 서점에 갔다가 주머니에 있는 돈 다 털어 『영랑시집』이란 것을 처음 샀는데, 내 스스로 산 최초의 책이 시집이었다는 게 기이하지. 1956년 5월 정음사에서 출판되었고 정가 4백 환, 지금도 내 책장 어딘가에 꽂혀 있을 거야. 이후 경기중학 교내 신문 '순간경기'에 시가 자주 실리면서 나는 완전히 문학 쪽으로 돌아서게 됐어. 그런데 내 인생에 정말 큰 계기가 된 날이 있어. 1957년 10월 9일 한글날.

1957년 10월 9일 한글날이요?

김화영 | 그날 나는 경기중학 대표로 비원에 있는 큰 호숫가에서 전국문화단체총연합회가 주최하는 한글시백일장 대회에 참가했어. 심사위원이 모윤숙, 김광섭, 조병화, 이헌구 이런 사람들이었으니까 쟁쟁했지. 전국의 중고등학교 대표들이 모여 주제 하나 놓고 세 시간 동안 글을 쓰는 거야. 중학부 주제가 '이끼'였는데 그때 인솔 교사로 따라나선 사람이 누구인지 알아? 바로 「요한시집」의 소설가 장용학 선생님이었다고. 우리 문예부 담당이자 국어 선생님이었거든. 그 대회에서 내가 운이 좋아 장원을 했는데 하필 내 수상을 취재한 기사가 10월 17일자 한국일보에 실리게 됐

던 거야. 그런데 바로 그 무렵에 알베르 카뮈가 노벨문학상을 받았다고. 그렇게 두 사람이 비슷한 시기에 한 신문에 실리게 되었던 거야. 어느 날 우리 과 조교가 도서관에서 옛날 신문을 찾아서 스크랩해온 걸 보니 그랬더라고. 나는 그날 이후 문학밖에 한 게 없어. 그때 이미 내 진로는 결정이 되었던 거야.

　일찌감치 유명 선생님들과의 인연이 깊으신 것 같아요. 그걸 인복이라고 해야 하나, 아무튼 복덩이였던 것만은 분명하세요.

　김화영 | 우연의 일치치곤 운이 좋았던 셈이지. 경기고 교내 문학상 이름이 화동문학상이야, 학교가 종로구 화동에 있어서. 일학년 때는 소설이 당선되고 삼학년 때 시가 당선이 되었는데 그때 「탑에 기대 서서」라는 시로 심사위원 서정주 선생님의 과분한 칭찬을 받기도 했지. 서정주 선생님은 중학교 때 내가 인터뷰를 하러 가서 뵙기도 했지만 돌아가실 때까지 아주 가깝게 지냈고 문학적으로 내게 큰 영향을 끼치신 분이야. "눈물 아롱아롱/피리 불고 가신 님의 밟으신 길은/진달래 꽃비 오는 서역 삼만 리/흰 옷깃 여며 여

며 가웁신 님의/다시 오진 못하는 파촉 삼만 리/신이나 삼아 줄걸 슬픈 사연의/올올이 아로새긴 육날 메투리/은장도 푸른 날로 이냥 베어서/부질없는 이 머리털 엮어 드릴걸"(「귀촉도」) 선생님의 이런 리드미컬한 시를 만난 것도 이 무렵이라고. 그리고 또 한 사람의 스승, 이어령 선생님을 빼놓을 수 없지. '저항의 문학'이라는 야심만만한 기치 아래 서정주, 김동리 같은 우상을 파괴하겠다고 나선 당대 문제의 청년 평론가 이어령 선생님도 약관 이십오 세의 나이로 경기고에 갓 부임을 해서 만났지. 교내지에 발표한 내 작품들 보시고 격려를 많이 해주셔서 밤잠 못 이룬 날도 있었고. 이어령 선생님과의 인연은 지금도 계속이야. 고등학교 졸업하고 대학에 가니 거기 또 출강하고 계셔서 만났고, 강의실보다도 학림다방 같은 데서 말로 더 많이 배웠고, 선생님이 계시던 한국일보나 경향신문 논설위원실 심심찮게 드나들면서 난 등록금 한 푼 안 내는 강의 참 많이 들었어. 그리고 프랑스에서 막 돌아온 서른 살 갓 넘어선 나를 『문학사상』 편집위원의 한 사람으로 데려가신 것도 선생님이었다고.

한 사람, 한 사람, 한 시절에 만났다고 보기에는 문학적으로

나 인간적으로나 참 만만찮은 기운 같거든요. 특히 이어령 선생님과의 인연을 보자면 말이에요.

김화영 | 내가 1965년에 월간 『세대』를 통해 시로 데뷔를 했어. 이어령 선생님이 『문학사상』을 창간하여 단편소설상인 '이상문학상'을 제정하기 훨씬 전의 일이지. 내가 소설을 쓸까 시를 쓸까 고민하던 대학 일학년 무렵 서울대 대학신문 문학상에 투고했는데 당선작 없는 가작이야. 시상식에 갔더니만 두툼한 국어사전을 상으로 주더라고. 가작 받으니까 기분이 나쁘잖아. 그 국어사전에서 '가작'이란 단어를 찾아봤어. 그랬더니 '꽤 잘된 작품'이래. 그 뜻풀이도 얄밉고 기분이 안 좋잖아. 그래서 시상식에 찾아온 고등학교 동기랑 헌책방에다 국어사전 팔아먹고 그 돈으로 막걸리를 퍼마셔버렸어. 방금 받은 새 책이라고 했는데 '상'이라는 도장이 찍혀서 반값밖에 안 주더라고. 서울대 문학상은 삼학년 때 가서야 겨우 본상을 받았고 그해 조선일보 신춘문예에에 시를 투고했는데 또 당선작 없는 가작이야. 가작, 가작, 이게 좀 어중간하잖아. 이어령 선생님이 제대로 다시 하라고 충고하시는 거야. 당시 『세대』는 선생님이 다소 관여하던 잡지였는데 거기서 주는 시 문학상 이름이 '이상문

학상'이었고, 내가 1회가 된 거지. 심사는 서정주 선생님이 하셨어.

그런데 그렇게 문학에 홀랑 빠져 있었던 고교 시절이라면 국문과 진학이 우선순위가 아니었을까 싶은데 불문학을 택하셨단 말이죠. 찾아보니 우리나라에 최초로 『불한소사전』이 서점에 등장한 해가 1961년이라고 해요.

김화영 | 그런데 웃기게도 내가 불문과 61학번이잖아. 나는 번역판으로 다 읽어뒀던 앙드레 지드를 원서로 읽고 싶었어. 또 당시 문학인들에게 불문학은 선망 그 자체였다고. 일제강점기 지식인 세계의 지배적 분위기에 영향을 받은 탓일 거야. 오늘날 마로니에공원에 있는 커다란 마로니에 나무는 바로 경성제대 불문과 교수였던 일본인이 프로방스에서 가져다 심은 거래. 당시 경기고는 제2외국어가 독어라서 불어를 안 가르쳤다고. 독어를 쳐도 타 언학과에 진학할 수 있었는데 글쎄 느닷없이 그해 12월 22일에 입시 요강이 바뀐 거야. 날벼락 얻어맞은 채 그다음 날로 학원에 등록해서 배운답시고 벼락치기 좀 했지만 그게 무슨 실력이 됐겠어. 내게 처음으로 초급 불어를 가르쳐준 학원 강사가 바로

시인 김영랑의 둘째 아들인 김현태 선배였어. 불문과 정원이 스무 명인데 나중에 대학 붙고 나서 교수님 말씀이 불어 50점 만점에 대부분 40점 넘게 받았는데 딱 한 놈이 그냥 5점 받았다고 해. 누구긴 누구야 다른 사람은 몰라도 나는 알지.

그럼 다른 과목들은 거의 올백이었다는 계산이 나오잖아요. 어머, 선생님 은근히 자랑도 잘하시네요. (웃음) 그나저나 그렇게 간절히 원해서 들어간 서울대 불문과, 바라셨던 것만큼 만족이 되시던가요?

김화영 | 말도 마. 대학 떨어지는 줄 알고 정말 겁 많이 먹었다고. 때는 4·19가 막 지나고 난 다음해. 게다가 한글세대잖아. 우리는 해방 전후에 태어나 일본어 아닌 한국어로만 교육받고 한국어만 쓴 첫 세대였어. 자유가 뭔지 모르고 실컷 누렸던 첫 세대. 학교에 내로라하는 명성 있는 교수들이 대거 포진해 있었지만 그렇게 큰 재미를 못 느꼈어. 휴강도 잦고, 대부분의 강의는 강독으로만 이뤄지고, 원서 사는 일은 그야말로 하늘에서 별 따기고…… 돌이켜보면 있지, 강독이라는 게 학문보다 원서 텍스트의 '해석'을 하기 위

함이었으니 우리는 어쩌면 대학 시절 내내 일종의 번역 연습을 해왔던 것인지도 몰라. 그러다 일학년 마치고 나니 따분해서 1962년 1월에 학도병으로 자원입대했어. '학도병'이라는 게 복무 기간이 짧은 대신에 최전방에 가서 썩어야 하는 거였어. 그 추운 데 가서 손 갈라터지게 진지 작업 한다고 땅 파고 있는데 하루는 산속으로 사단장 부관 지프차가 연기를 일으키며 들어와. 그러고는 여기 대학 다니다 온 놈 있으면 손을 들래. 낌새가 묘했지. 냉큼 들었더니 책을 하나 줘. 박정희 장군이 혁명을 일으켜서 쓴 책이『우리 민족의 나아갈 길』이라는 건데 이걸로 연극을 만들어 정훈교육이란 걸 하라는 거야. 부대 곳곳을 다니면서 공연을 하는 급조 시청각교육이었지. 당장에 극단을 만들고 배우 뽑고 연출 하고 단장 노릇 해가면서 최전방 부대를 돌았어. 말단 군인 노릇 안 해도 되는데 얼마나 좋아. 원주 군인극장에서 사단 대항 1등 한 뒤에는 다시 소대로 안 들어가고 공민교육대라는 이름의 군사학교에서 임시 교사 노릇을 했어. 원래문맹은 군대 못 오게 되어 있는데 공갈쳐서 들어오는 놈들이 꽤 됐다고. 할 수 없이 문맹인 군인들 데려다가 글을 가르쳤어. 다 큰 놈들이 바지에 똥도 싸. 문맹과 사리분별이 그만큼 직결된 거라는 걸 처음 알았어. 가끔 글 모르는 병사들한테 고향에 있는 아내에게서 편지가 와. 돈이 없으니까 시부모 몰래 장터에 나가 겉보리 같은 거 팔아서는 우표딱지를 사 붙여 보낸 편지지. 마누라들은 그나마 더듬더듬 쓰고 읽을 줄 알았던 것 같아. 근데 받은 편지를 읽을 줄 모르니까 나한테 들고 와서 읽어달라는 거야. 난감한 노릇일 거 아니야. 부부 사이의 가장 은밀한 얘기들을 내가 가장 먼저 보고 소리내어 읽어주게 생겼으니 말이야. 하루는 봉투 속에서 편지를 꺼냈더니 거 양면 괘지라고 하는, 줄이 죽죽 그어진 종이 위에 삐뚤빼뚤 무슨 선이 울퉁불퉁 그려져 있어. 가만 보니까 종이 위에 손바닥을 펴서 짚고는 각 손가락의 윤곽을 따라 연필로 손을 그린 그림이야. 마누라가 자기 손을 대고 그린 거야. 아직도 기억이 선명해. 그리고 그 밑에 쓰여 있어. '저의 손이어요. 만져주어요.' 야, 얼마나 감동적이냐. 아내는 그리운 심정을 거의 동물적으로 표현한 거지. 애아버지 병사가 글을 깨쳐 드디어 내 도움 없이 편지를 읽던 날, 아내의 편지를 손에 펴들고 큰 소리로 울더라고. 이른바 거룩한 독자의 대열 속으로 들어가는 입문의 통곡이었던 거지.

저의 손이어요. 만져주어요…… 구구절절 사랑 소설 써 뭐
하겠어요. 이 한 줄이면 다 끝난 거지. 아 진짜 아름다운 문장
이긴 하네요. 그런데 무슨 기억력이 이리 좋으세요. 세월이 얼
마인데요. 몇 년 전 어떤 시낭송 자리에선가 선생님을 뵈었잖
아요. 저는 가장 짧다고 고른 제 시 한 편도 못 외워서 책 들고
나갔는데 선생님은 누구 시였는지 불어로 한 사십 분인가, 밤
하늘의 별도 봤다가 객석에 둘러앉은 우리들도 봤다가 하시면
서 여유롭게 외워나가셨죠.

김화영 | 한 시간 이상은 쉬지 않고 외울 수 있어. 머리가
좋아서 그런 건 결코 아니고 그저 심심해서. 심심한 시간이
자주 찾아드는 이나 하는 짓이지. 혼자 들길 산길 걷는 걸
좋아하니까 주머니 속에 외울 문장 적어놨다가 들고 다니
면서 소리내어 외우곤 해. 누가 보면 절대로 안 하지. 외우
는 건 머리가 하는 게 아니야, 몸이 하는 거야. 그래야 몸이
문장의 리듬을 느낀다고. 한 번 외우는 데 오십 분 정도 걸
린 것을 반복하다보면 한 육 분 걸려. 시는 특히 외워야 비
로소 내 것이 된다고. 모국어라면 적어도 내 몸속을 지나가
게는 해줘야지, 새겨지게는 해줘야지. 내가 매일 아침 운동
을 하는데 거꾸로 매달려서 오늘 외운 건 이거야. 카뮈의

『안과 겉』 서문의 일부인데 들어보라고. "한 인간이 이룩한 작품이란, 예술이라는 긴 우회의 길들을 거쳐서, 최초로 가슴을 열어 보였던 한두 개의 단순하면서도 위대한 이미지들을 되찾기 위한 긴 도정에 지나지 않는다." 물론 이걸 불어로 외우지. 단순하면서도 위대한…… 이거 얼마나 근사한 얘기니.

저는 진짜 머리가 나쁜가봐요. 그새 선생님이 읽어주신 문장도 바로 가물가물해요. (웃음) 자, 정신을 차리고 다시금 김화영의 청년 시대로 넘어가볼까요?

김화영 | 군대 제대하고 학부 졸업하고 대학원 다니면서 한 삼 년 은행원 노릇을 했어. 당시 은행은 웬만해선 들어가기 힘들었는데 어찌어찌 운이 좋았던 거지. 마침 수출이 대세일 때라 불어 신용장 해독하는 사람이 필요했던 거야. 내 인생에서 유일하게 문학과 담 쌓던 시기가 아닌가 싶어. 월급도 많이 주니까 퇴근 무렵이면 친구들이 술 사달라고 와글와글 모여 있고 그랬어. 매일같이 술판 벌이던 시절이야. 돈도 벌고 안정도 되고 좋은데 있지, 재미가 없어. 숫자 놀음이고 장부 정리고 주산 놀음도 흥미가 떨어져서 더는 못

하겠더라고. 하루는 점심 먹고 들어오다가 명동 유네스코 회관 이층이 은행 외국부였는데 그 앞에 벤츠가 세 대나 버티고 있는 거야. 그 가난한 시절에 벤츠라니, 차 좀 안다는 친구에게 한 대에 얼마쯤 하냐고 물어봤더니 대충 얼마래. 가만 앉아 계산을 해보니까 은행 정년이 오십오 세이고 내 월급이 불어나는 퍼센트를 따져보니까 정년퇴임할 때 벤츠 한 대 사면 끝인 거야. 결국 벤츠 한 대를 사기 위해 인생을 사는 셈이란 얘기잖아. 이건 아니다 싶어가지고 자리 털고 일어나 홀랑 유학을 떠났지.

그래서 1969년 말 프랑스 정부 장학생으로 엑상프로방스대학으로 떠나시게 된 거군요. 유학 직후 현지에 도착했을 때 이건 정말 충격이더라, 싶은 일이 있으셨다면요.

김화영 | 난 내가 불어를 무지 잘하는 줄 알고 있었거든. 근데 가보니까 바보야, 바보. 그때만 해도 대학에서 주로 배운 건 해석하기와 문법 지식의 습득 정도였으니 말하기 불어는 전혀 훈련이 안 되어 있던 거지. 아닌 게 아니라 그때 우리에게 회화를 가르칠 수 있는 선생이 누가 있겠어? 전무했다고. 그때 나는 캠퍼스 바로 옆에 위치한 남학생 기숙사

'가젤'에서 살았는데 강의실에서만이 아니라 기숙사에서 만난 친구들과 일상 대화 나누는 것도 쉽지가 않았어. 하루는 식당에서 프랑스 친구 하나를 만났어. 친해지고 싶은 마음에 나는 일단 헬로? 같은 친교의 의미로 너 밥 먹었니? 하고 말을 붙여볼 참이었는데 그걸 불어로 조립해서 말해놓고 보니 글쎄 너 빵 먹었니?가 되는 거야. 서양 사람은 밥 대신 빵을 먹으니까. 그러자 친구가 되물어. 빵이라니? 아니, 무슨 빵? 결국 오늘 무슨 특별한 빵이 나왔느냐고 반문을 받게 된 거야. 내가 배운 불어는 책에 나오는 말이 다였던 거야. 프랑스 애들이 나더러 왜 책처럼 말하느냐는 거야. 언어적 사정이 이리 딱하다보니 나는 늘 내 의견을 말하는 사람이 아니라 미소만 지으며 묵묵히 경청하는 쪽이 되어버렸어. 왜 웃는지 알아? 언어 능력이 부족할 때 그걸 은폐하기 위한 가면이 바로 웃음이라고. 만약 웃지 않고 성을 내거나 부정적으로 답하면 일이 복잡해져. 왜 그러는지 까닭을 설명해야 하잖아. 프랑스 친구들이 날 보고 언제나 미소가 가득한 친구라더군. 남의 속도 모르고. 내가 유학 가서 처음 들은 강의는 리폴 교수가 지도하는 에밀 졸라의 『제르미날』 연구였어. 첫 페이지부터 음산한 탄광의 갱도 안에서 사용하는 낯선 연장들의 이름이 끝도 없이 쏟아져나와서 내가 지금 소설을 읽는 건지 불어사전을 읽는 건지 완전 절망이더라고. 교수의 말은 빠르지, 프랑스 학생들은 그 빠른 말을 빠짐없이 받아적어나가지, 그들의 노트를 빌려와 봐도 내게는 해독 불가능한 암호와 기호로 가득한 속기록이나 다름없었어.

그럼에도 사 년 반 만에 논문을 쓰셨단 말이죠. 근성이랄까요, 지독하신 부분이 분명 있다니까요.

김화영 | 내 불어 실력을 키운 건 팔할이 영화야. 영화를 많이 봐서 그래. '서부영화사' '일본영화 작가론—구로사와의 작품론' '이탈리아의 네오리얼리즘' 같은 강의를 들었어. 어느 날은 하루에 네 편 이상, 여덟아홉 시간 이상 닥치는 대로 영화를 보러 다니기도 했어. 강의실에서 보고 극장에서 보고 기숙사에서 TV로 보고 시내의 스튜디오를 찾아다니며 보고 그러면서 영화라는 예술 자체에 대한 체계적인 공부도 덤으로 할 수 있었지. 문학 수업은 일단 책을 다 읽어야 이해가 되는데 영화는 좀 놓치더라도 전후 좌우 맥락에서 눈치로 때려잡아가며 대개 인물의 관계나 스토리를

짐작할 수가 있잖아. 영화는 보면서 꼼꼼하게 기록을 해두는 편이었는데 유학 첫해에 기록해둔 걸 보니까 무려 삼백 편에 육박하더라고. 그에 앞서 내가 영화에 미친듯이 빠져들 수 있었던 건 68학생혁명 직후 프랑스의 자유로운 분위기도 한몫을 했을 거야. 왜 68학생혁명은 프랑스뿐 아니라 전 세계적으로도 영향을 끼쳤잖아. 젊음의 혁명. 캘리포니아에서 시작해서 프렌치 커넥션이라고, 일종의 마약 루트를 타고 히피들이 그걸 따라 터키를 지나서 네팔의 카트만두에 모이는 거야. 카트만두가 종착지이고 불교적인 이상향이야. 이 시대가 1960년대 말부터 1970년대 초까지 이어지는데 좌파들이 기승을 하지. 그들은 전투적 좌파라기보다 축제적 좌파였어. 적어도 내가 보기엔 말이지. 본능을 존중하자고 해서 성해방을 제일로 치고, 그중 여성해방을 강조하고, 모든 것으로부터의 해방, 해방, 해방, 그것이 68학생혁명의 정신이자 자유의 기본 개념이었지. 얼마나 좋아. 신났지. 교수하고 학생하고 막 반말로 너나들이야. 학생이 강의 도중에 교수에게 그런 강의 대체 무엇 때문에 하는 겁니까? 이러면 교수가 왜 해야 하는지를 또 열심히 설명을 해. 환상적인 세상이야. 또 한편으로 그때는 구조주의의 전

성기였어. 그때 엑상프로방스대학은 라캉파의 중심인데다 언어학, 사회학에 저명한 교수도 많았어. 내 지도교수가 누보로망의 최전방에 있었으니 공부가 신나는 놀이만 같은 거야. 공부를 축제처럼 즐길 수 있었던 거야. 정말이지 축제의 한복판에서 한 시절 뜨겁게, 지칠 줄 모르고 살았던 것 같아. 아, 그리고 바슐라르의 매혹도 빼놓을 수 없지.

유학을 마치고 귀국하신 것이 1974년 여름입니다. 대학에 자리를 잡기 전까지 생계의 대안으로 번역을 하시게 되었다고 들었는데요, 맨 처음 어떤 책을 맡으셨던 건가요?

김화영 | 공항에 도착했는데 내 호주머니에 딱 3천4백 원이 있어. 삼촌 집에 간신히 붙어살게는 되었는데 내 용돈벌이는 해야 할 거 아니야. 불문과 선배이신 당시 민음사 박맹호 사장이 나한테 번역을 한번 해보래. 그게 프랑수아즈 사강의 『흐트러진 침대』야. 번역이 어려운 건 아니었는데 진짜 하기가 싫었어. 만약 내가 감동을 받은 작품을 골랐다면 욕심을 무지 부렸으련만 좀 통속적인 소설의 내용에 큰 흥미가 안 나더라고, 책 제목도 웃기고. 돈을 벌어야 하는데 하기는 싫고 만날 에어컨 틀어놓은 다방에 나가 노는 듯이

작업을 했어. 얼마나 하기 싫었는지 몇 장 하고는 얼마 벌었나 세어보고 계산해보고 아주 한심했어. 그러니 좋은 번역일 리가 없지. 그게 처음이자 마지막으로 한 '직업적'(뭐든지 가져와, 돈만 준다면 다 잘 번역할 수 있어!) 번역이었어. 그러다가 그해 8월 말일자로 고려대학교에 발령이 났어. 그때부터 나는 어떻게 번역할 것인가, 하는 문제보다 내가 무엇을 번역할 것인가, 하는 문제 쪽에 더 관심이 갔던 것 같아. 원작 자체가 내 맘에 들어야 번역을 하고 싶은 열정이 생기니까. 시집 번역을 좀 즐겁게 했던 것 같아. 민음사에서 세계시인선이라는 타이틀을 달고 나온 시리즈가 있었어. 말라르메의 『목신의 오후』, 레오폴드 세다르 상고르의 『검은 영혼의 춤』, 자크 프레베르의 『절망이 벤치 위에 앉아 있다』 같은 번역은 재미가 있었어. 당시에 그 책의 장정을 김승옥이 했는데, 소설 잘 쓰는 것은 물론이고 그림을 아주 잘 그려서 대학 시절 신문에 만화 연재도 할 만큼 일찌감치 재주가 대단했어. 상고르 같은 경우는 시인이면서 세네갈의 초대 대통령이기도 했잖아. 책이 나온 후 얼마 안 되어 그이가 한국에 왔는데 번역자인 나를 부르더라고. 미당 선생, 김종문 선생 같은 분들과 어울려 함께 재미나게 놀았지. 대통령이 공식 스케줄을 제치고 마냥 우리와 놀고 있으니 수행했던 장관이 울상이더라고.

앞서 얘기했듯 백 권이 넘는 번역서를 기록중이시잖아요. 리스트만 봐도 선생님은 번역자임과 동시에 뛰어난 외서 기획자라는 생각을 안 할 수가 없는데요, 좋은 텍스트를 알아보는 선생님만의 눈, 그 안목에 대한 얘기를 듣고 싶어요.

김화영 | 나보다 훨씬 더 많이 번역한 프로들도 많아. 프랑스에 체류하면서 한국으로 글을 써 보낼 때 경험한 것 가운데 하나가 이거야. 프랑스에서 아무리 중요해도 한국 독자가 모르는 이야기는 할 수가 없잖아. 한국 독자들은 나이 많고 유명한 사람은 알아도 현역의 젊은 프랑스 작가는 잘 모른다고. 그러니 이미 유명해진 작가나 시인이 죽으면 쓸거리가 생겨. 자크 프레베르가 죽었다는데 너무 좋은 거야. 쓸거리가 생겨서. 앙드레 말로가 죽었다는데 너무 좋은 거야. 쓸거리가 생겨서. 그렇게 남 죽는 걸 행복해하다니(웃음). 그런데 프랑스와 한국이 참 먼 거리구나 실감하게 했던 일이 있어. 바로 장 그르니에의 『섬』 사건이야. 나는 카뮈의 스승이기도 했던 장 그르니에의 몇몇 저작들을 읽고

깊은 감명을 받아서 그 책을 번역하기 시작했거든. 그런 다음에 민음사를 비롯해서 몇몇 출판사에 출판을 타진해봤어. 그랬더니 이 저자가 유명한 사람입니까? 하고 묻는 거야. 무려 다섯 군데의 출판사가 거절을 했지. 결국『문학사상』에『섬』의 첫번째 산문「공_空의 매혹」을 번역해서 소개를 했는데 오히려 독자들의 반응이 즉각적이었지. 거절했던 출판사로부터 연락이 왔고, 출판을 했고, 높은 판매고를 올렸어. 그런 방식으로 르 클레지오, 파트릭 모디아노, 미셸 투르니에, 크리스토프 바타유, 로맹 가리, 로제 그르니에, 엠마뉘엘 로블레스 등 프랑스의 유수한 현역 작가들을 우리나라에 처음 소개할 수 있었어. 언제나 처음 소개하는 일은 어려워. 일단 알려지면 쉽지. 파트릭 모디아노 같은 경우 나로서는 번역하기 수월한 편이야. 마치 내가 쓴 글 같은 느낌을 주는 때가 있어. 사람도 맘에 들고 문체도 간결하고 두루 다 좋아. 반면에 미셸 투르니에는 좋아하는 작가지만 개인적으로 나와는 톤도 다르고 너무나도 철학적이고 사람 스타일도 많이 달라. 소품들이야 좀 쉬운 편이지만, 본격소설을 번역하려 들면 너무너무 어려워. 웃기는 일화가 하나 있어. 1978년에 출판사를 개업한 한 친구가 나한테 적당한 책 한 권 있으면 추천을 좀 하래. 그래서 미셸 투르니에의 『방드르디, 혹은 태평양의 끝』을 간신히 번역해서 보냈단 말이야. 전부터 주목했던 작가의 대표작이었으니까. 그런 데 근 일 년이 넘도록 소식이 없는 거야. 소설이 길고 무겁 고 난해한 탓인가 싶어 일단 그 책의 출판을 보류하고 당시 호평을 받으며 공쿠르상 후보에 자주 오르던 파트릭 모디 아노의 소설을 번역해서 보냈어. 국내에선 아무도 모디아 노를 알지 못하던 때야. 그게 바로 『어두운 상점들의 거리』 야. 그런데 출판사가 두번째 책을 받고도 또 주저해. 그러 는 사이에 모디아노가 그해 공쿠르상을 수상한 거야. 한국 의 출판사들이 어땠겠어. 모두가 달라붙어서 서로 내겠다 고 여러 역자들 동원해서는 후닥닥 책들을 내놓더라고. 내 번역은 그로부터 한참 뒤에나 출간되었어. 번역은 내가 처 음으로 먼저 해 보냈는데, 결과적으로 왠지 베스트셀러에 혈안이 되어 뒤늦게 동참한 것처럼 보이는 게 많이 언짢더 라고. 어쨌거나 유학생 시절부터 나는 르몽드 데 리브르나 『마가진 리테레르』 같은 프랑스 서평지나 문예지를 거의 빠짐없이 구독하고 있었어. 그걸 꾸준히 따라 읽으니까 지 난 삼사십 년간 프랑스 문단과 독서계의 동향이 한눈에 읽혀. 당시 우리나라 대학에서 외국문학을 전공하던 교수들은 주로 고전에 집중했지만 그들과 달리 나는 그 덕분에 프랑스문학의 현재에 대해 나름대로 맥을 짚어나갈 수 있던 거야. 또 한편, 아마도 지금 내 또래 사람들 가운데 나처럼 한국문학 신작들을 꾸준히 읽는 사람은 그리 많지 않을걸? 내가 초기의 이상문학상에서부터 시작해서 동인문학상, 현대문학상, 문학동네소설상, 문학동네 젊은작가상 같은 여러 가지 문학상들의 심사를 하다보니까 안 읽을 수가 없긴 한데 그게 실은 열심히 신작들의 독서를 이어가는 일이거든. 한국 문단과 함께 호흡하는 일이란 말이야. 많이 읽으면 머릿속에서 작가군의 체계에 대한 어느 정도의 감이 잡혀. 이걸 수십 년 하다보니 문단의 분위기가 몸속에서 순환하게 된 거야. 최소한이나마 선별할 줄 아는 눈도 생기고.

제가 학교 다닐 때 무척 좋아했던 책이 하나 있는데요, 바로 『프랑스 현대시사』예요. 제가 1996년도에 이 책을 샀는데 초판을 보니 1983년도고, 제 책은 6쇄이더라고요. 시 공부할 때 도움을 참 많이 받았거든요.

김화영│아 그 책. 마르셀 레몽의 책. 내 은사였던 김붕구 선생님이 성서로 알던 책이었지. 원래 제목은 '보들레르에서 초현실주의까지'인데 아마 출판사에서는 부제로 달았을 거야. 그 책을 아버지가 사주셨어. 아버지가 고대 도서관 직원으로 계셨을 때 당시 유네스코 쿠폰이란 게 나올 땐데 그걸로 외서를 살 수 있었거든. 아무나 아무데서나 외서를 살 수 없을 때야. 외서가 그렇게 귀할 때야. 아버지가 그때 쿠폰 두 장을 주셨고 무슨 책을 살 거냐 해서 이 책을 써냈지. 프랑스에서 직접 온 이 책 앞장 어디엔가 아버지가 사주신 책이라고 써놨을 거야. 정말이지 이 책은 프랑스 시사의 정본이야. 진짜 잘 쓴 글이야. 내용도 좋고 문장의 격조도 높고.

이쯤에서 선생님의 번역사를 빛나게 해준 이들 가운데 한 사람인 카뮈 얘기를 안 꺼낼 수가 없네요. 한국에서 카뮈 그러면 바로 선생님 이름을 동시에 떠올리잖아요. 원래 전공은 카뮈가 아니라고 들었습니다만.

김화영 | 애초에는 말라르메를 하려고 프랑스에 갔지. 근데 내가 불어를 너무 못하는 거야. 게다가 말라르메를 계속했다가는 오히려 불어를 더 못하게 생겨먹은 거야. 말라르

메의 불어는 써먹을 수 있는 불어가 아니야. 굉장히 난해한 불어라고, 난해성의 극치라고. 그 시에서 가장 중요한 게 리듬과 운율인데 그걸 어떻게 번역해. 내가 프랑스에 막 도착해보니 핑계일 수도 있겠지만 장 피에르 리샤르라는 소르본대학의 교수가 『말라르메의 상상세계』라는 두꺼운 책을 막 냈는데 내 할말이 거기 다 있는 거야. 말라르메에 관한 연구계획서는 수정할 작정으로 에밀 졸라 수업을 들으면서 빈번히 불불사전을 찾는데 툭하면 관련 예문으로 앙드레 지드 아니면 알베르 카뮈의 문장이 나오는 거야. 예문으로 나온다는 건 스탠더드 불어라는 얘기잖아. 다행히 카뮈는 한국에 나와 있던 번역판을 거의 다 읽은 뒤라 좀 안심이 되더라고. 카뮈를 통하면 스탠더드 불어를 배울 수 있다? 맞는 말이야, 사실이야. 카뮈처럼 불어를 하면 멋지게 잘하는 거야. 프랑스에서 카뮈의 인기는 어마어마하다는 말로도 표현이 다 안 돼. 내가 카뮈를 연구하기로 맘먹었을 때 가장 겁이 났던 게 뭐냐면 박사학위를 하려면 원칙적으로 지금 껏 발표된 카뮈의 논문을 다 읽어야 하는데 영어 빼고 불어로 나온 연구 논문과 책 제목의 리스트만 나열했는데도 책이 두 권이야. 질렸지. 그래서 죽을 듯이 매달렸어. 하다보니 꽤 재미도 있었어. 그렇게 한 일 년 반 정도 하니까 입이 좀 열리더라.

카뮈라는 사람, 시공간을 초월해서 평생 번역으로 만나고 계시잖아요.

김화영 | 잘못 걸렸어. 애증관계라 할 수 있지. 마치 결혼한 사이처럼. (웃음) 아무리 사랑하는 애인이라도 일생을 같이 살면 지긋지긋하지 않을 수가 없잖아. 본의 아니게 일생 동안 따라다니는 거야. 카뮈는 인간의 내면에 존재하는 서로 모순된 양면적 세계에 민감한 작가였어. 나는 그게 특히 공감이 가. 무엇보다 그는 세상의 그 어느 것보다 인간의 생명을 최상의 가치로 제시하고 있는데 노벨상 수상 연설만 봐도 그래. 대충 요약하면 "나는 정의를 사랑한다. 그러나 그 정의가 나의 어머니에게 총부리를 겨눈다면 나는 어머니의 편을 들겠다!" 보라고, 카뮈에게는 추상적인 이론보다 구체적이고 '인간적인' 공감이 더 가까이 있다고. 카뮈가 그의 스승 장 그르니에의 산문집 『섬』에서 이런 말을 한 적이 있어. "오늘에 와서도 나는 『섬』 속에, 혹은 같은 저자의 다른 책들 속에 있는 말들을 마치 나 자신의 것이거나 하

듯이 쓰고 말하는 일이 종종 있다. 나는 그런 일을 딱하다고 생각하지 않는다. 다만 나는 스스로에게 온 이같은 행운을 기뻐할 뿐이다." 그런데 내가 카뮈에 대하여 그래. 카뮈가 한 말인데 나 스스로 내 말처럼 믿게 되어버린 게 많아. 그건 카뮈가 그랬듯 나 역시도 내 근본에 살냄새가 나는 휴머니즘의 믿음이 있어서일 거야. 만약 그게 낡은 거라면 카뮈와 함께 나도 낡았을 거야. 참, 내가 말했던가? 올해가 카뮈 탄생 100주년이야. 카뮈는 1913년 11월 7일에 태어나 1960년 1월 4일에 죽었어. 그래서 프랑스에서도 여러 가지 행사가 있는데 올 12월 14일에 엑상프로방스에서 토론회를 열게 되었어. 12월 14일은 카뮈가 사망하기 전 공식 석상에서 마지막으로 강연한 날짜라더군. 죽기 불과 이십여일 전에 마지막 강연을 엑상프로방스대학에서 한 거지. 아무튼 그에 맞춰 십여 명 남짓한 문학 철학 언론계 인사들이 모인다는데 장 다니엘, 아니 에르노, 샤를 쥘리에, 카트린 카뮈 같은 사람들과 함께할 것 같아.

　이름만 들어도 세계문학사의 한 페이지네요. 선생님이 번역하신 카뮈의 저작들 가운데 아무래도 『이방인』이 대중적으로 가장 큰 인기를 끈 책이 되겠지요?

김화영 | 맞아. 『이방인』은 그 자체로도 훌륭하지만 실은 만만한 책이기도 하거든. 유명하고, 짧고, 쉽고, 단순하고, 위대하게 철학적이고…… 죽음과 삶의 이야기, 바다와 태양의 이야기…… 그러니 많이들 읽었겠지. 어려울 게 뭐 있어, 사람 죽여서 사형당하는 얘긴데. 복잡하게 꼬인 걸로 치자면 한국소설이 훨씬 어려워. 『이방인』은 연대기순으로 서술되어 있어서 시간이 뒤집히는 대목이 없어. 요즘 나오는 한국 단편들 좀 봐. 다 뒤집히고 꼬여 있어. '그'라고 할 때 남자인지 여자인지도 잘 알 수가 없어. 성수 구별이 확실한 언어가 아니니까. 이런 쓸데없이 복잡하게 꼬인 대목들이 한국소설을 읽기 어렵게 만드는 거야. 불어는 성수 구분이 확실하고 시제 체계가 정확해서 과거인지 언제인지 헷갈릴 일도 없다고.

이제 슬슬 문학평론가로서의 김화영이라는 금맥을 캐보려고 해요. 지금까지도 아주 광활했는데 평론을 꺼내려고 보니 그것도 만만찮은 높이와 깊이네요. 주제넘는 질문이지만 선생님의 평론을 보면 시가 점화되는 순간의 기록처럼 펼쳐질

때가 있어요. 이는 시를 썼던 선생님의 촉이 평론에서도 발화하는 것이 아닐까 하는데요, 어쨌든 한국문학사에서 평론가 김화영은 전방위적으로 활동을 해왔단 말이죠.

김화영 | 글쎄, 내가 어쩌다 평론가 소리를 듣게 되었을까. 내가 여기저기 편집위원과 문학상 심사를 꽤 오래, 꽤 많이 했어. 내 나이 서른 남짓할 때『문학사상』편집위원이 되었거든. 그때 김동리, 최정희, 유주현, 백철, 이어령, 김윤식, 그 뒤로 내가 막내였다고. 자연히 이상문학상 심사를 맡게 되니 평도 쓰게 되고 슬그머니 평론가 대접도 받게 된 거야. 그러다『문학과지성』에「문학과 독서」라는 긴 글을 발표하게 되었어. 독서를 어떻게 해야 할 것인가 하는 문제를 다룬 건데 크게 보면 내 박사논문에 의거해 문학평론과도 관련이 깊은 글이었지. 문학평론이란 근본적으로 어떤 특수한 독서 방법이기도 하니까. 나는 한국 비평의 논쟁적인 부분에 대해서는 별로 관심이 많지 않았어. 물론 해방전후, 그리고 독재정권 시절의 복잡한 이데올로기와 겹쳐서 문학이 정치적 논쟁과 뒤섞인 채 힘겨루기를 안 할 수는 없었겠지만 텍스트를 읽어내는 방법이 너무 경직되고 건조했다고. 내가 쓴 글들은 무엇인가를 비판하는 일이 별로 없어. 나는

잘 못 쓴 작품에 대해 비판하는 것을 일종의 정력 낭비 시간 낭비로 보는 경향이 없지 않았어. 오히려 이것이 왜 잘 쓴 작품인지 왜 감동적인지 해명하고자 하는 욕구가 더 강했다고. 말하자면 내가 좋아하는 작품을 골라서 깊게 읽자, 하는 것이 나의 기본적인 비평 태도라고. 예컨대 내가 쓴 신경숙과 오정희의 작품론을 보면 다른 비평가의 글과 좀 달라. 이 작가가 자신의 내면에서 과연 무엇을 찾아가고 있는지 그 숨겨진 의식의 길을 추적해보려고 수없이 반복해서 읽고 쓴단 말이지. 자질구레한 것, 사물과 행동과 감각의 작은 구석, 주름진 곳으로 파고드는 시선, 마치 내면적 감각의 지하수가 흐르는 물길의 지도를 따라가듯 찾아가는 거야. 평생 동안 자신도 모르게 이 사람 마음에 맺혀 있던 숙제가, 주제가 무엇인지 그 길을 찾아가면 사람의 타입과 감성의 형식이 보이고 그런 동시에 그 속에서 밀착하여 따라가는 나 자신의 감성적 흐름 또한 그려지는 거야. 그게 동화비평同化批評이라는 거야. 그건 텍스트를 외우다시피 읽지 않으면 할 수 없는 작업이야. 작가의 의식과 독자인 나의 의식이 가장 가까이에서 함께 더듬어가는 길. 길건 짧건 소설책을 다 읽은 후 덮고 나면 기억 속에 남아 번뜩이는 구체적이고 섬세한 디테일들, 그 디테일들이 모여서 만드는 무늬나 형식, 혹은 지향, 그 속에 서려 있는 작가의 체취와 마음의 진동 때문에 또다시 그 텍스트를 찾게 되고 다시 읽게 되는 거야. 그리하여 끊임없이 나 자신이 그 작가와 하나가 되고 싶은 거, 작가의 내면 깊숙이 들어가 동화되는 방식, 그렇게 작가와 나를 동일화시켜서 그 심저에 흐르는 문제의 방향을 찾는 방식. 그러기 위해서는 깊이, 천천히, 오래 읽을 수밖에 없지. 탁월한 문학작품은 두 번 세 번 읽고 또 읽고 싶은 작품이라고. 지금까지 내 비평의 기저는 늘 같아. "나는 행운아다. 왜냐하면 내가 만난 사람들 중에서, 내가 읽은 글 중에서 내가 우습게 알아야 할 사람보다 내가 찬미해야 할 사람이 너무 많다는 것이다. 그래서 나는 행운아다." 이 문장처럼 나는 행운아야. 왜냐하면 다행히 나는 탁월한 사람과 탁월한 텍스트를 알아보는 눈과 귀를 갖추려 해왔고, 그런 선택과 더불어 깊이 꾸준히 따라 읽는 노력을 당연시해왔으니 말이야. 대신 편협한 아집에 사로잡히면 안 되니까 새로운 작가들에 대해서 열려 있으려고 애써왔지. 작품 밖에서 추상적 잣대를 가지고 들어가 재단하기보다는 작품 자체 속에 독법과 잣대가 숨어 있다고 보는 태도, 그런 게 중요하지 않을까? 또 대체로 나는 시보다는 소설을 읽는 일에 더 많은 관심을 쏟았던 것 같아. 시가 그렇듯이 나는 소설도 겉으로 보이는 스토리나 분명한 주제는 덜 중요하다고 생각해. 작가가 구사하는 어휘와 문장과 어조, 혹은 호흡, 혹은 글의 텍스처 속에 숨겨진 질서나 운동 같은 게 더 중요하다고 봐. 사실은 글을 쓰는 작가 자신도 이 숨은 그림의 지도는 잘 몰라. 그래서 글을 쓰겠지. 지도는 독자인 내가 찾아내는 거야. 베스트셀러가 왜 싫은지 알아? 작가가 자기 문제를 찾는 게 아니라 인기 품목과 어조를 고르는 사람이어서 그래. 좋은 작가는 자신의 문제와 관계없는 건 절대로 못 쓰는 사람이라고.

잠깐 이상문학상 얘기를 하셨는데요, 정말이지 수작들이 그 리스트에 올라 있어서 중학교 때부터인가 빼먹지 않고 매년 한 권씩 사서 보던 기억이 나요. 이거 한 권이면 한국소설의 일 년 분을 다 섭렵한 것 같은 기분 좋음이 그땐 있었거든요. 이상문학상 수상자 가운데 유독 기억에 남는 이가 있다면요.

김화영 | 무엇보다 누구보다 단연코 이제하의 발견이었어. 이제하 본인은 겸손해서 그런 말 안 하지만 우리 세대

들 중 그는 일찍부터 유명인사여서 내가 어릴 적부터 주목해왔다니까. 『학원』에 단골로 등장할 뿐만 아니라 고등학생 이제하의 시가 국정교과서에 실려 있기도 해서 우리가 그걸 수업 시간에 배우기도 했단 말이야. 그때 이상문학상 수상작이 그 유명한 「나그네는 길에서도 쉬지 않는다」였어. 제목 봐, 얼마나 근사해. 내가 일찌감치 영화에 관심이 많았잖아. 최인호, 이장호, 김승옥과 두루 어울려 명동에서 즐겨 다니던 술집 '오비 캐빈'에서 맥주 마셔가며 영화 얘기며 허튼 수작 많이 하던 시절인데, 하루는 영화감독 이장호가 고대로 찾아왔어. 그땐 프랑스풍이면 뭐든 다 뜰 때야. 그게 영화에서 최고인 줄 알았던 때야. 영화를 해야 하는데 뭐 좋은 거 없냐고 해서 바로 이제하의 소설을 추천했어. 기가 막히다, 소설 자체가 이미 영화화되어 있다, 그런데 조건이 있다, 이제하를 찾아가서 반드시 직접 각색해달라고 해라, 또 가능하다면 이제하가 기타도 잘 치고 노래도 잘 부르니까 곡도 만들어달라고 해라, 그래서 영화 속에 넣어라! 우리 셋이 서해안으로 촬영 장소 물색한다고 헌팅 다니기도 했어. 내가 그때 이장호에게 무슨 충고를 했냐면 영화는 원작 각색 다 중요하지만 편집이 승부다, 찍어놓은 것을 잘 배치해서 그 톤을 유지해나가는 마지막 마무리가 승패의 관건이다, 그러려면 쓸데없이 배우들 주는 데 돈을 쓸 게 아니라 필름을 잔뜩 사서 선택할 게 많도록 아끼지 말고 찍어라, 이랬다고. 국내 흥행은 꽝이었지만 동경영화제에 나가 대상을 수상하기도 했다고. 그런데 영화 제목을 영문으로 짓게 생겼는데 내가 영어를 잘 못하니까 고민하다가 김우창 선생한테 들고 올라갔어. 한참을 보시더니 The Man with Three Coffins, 세 개의 관을 진 남자가 어떠냐고 해. 무릎을 쳤지. 다시 봐도 그 소설, 이제하의 백미야.

참 어렵게 물어보게 됩니다. 앞서 살짝 말씀을 해주셨지만 요즘의 한국소설, 평론가로서 어떻게 바라보고 계신지요.

김화영 │ 나는 나이 먹으면서 점점 비평가로서 구닥다리 안목으로 변해가고 있다는 느낌이 들어. 한국소설 읽기가 너무 힘든 거야. 너무 어려운 작가가 많다 이거야. 물론 내 나이가 많고 시대마다 감성의 기준이란 것이 있으니까 내 안의 보수를 느낄 때마다 문학은 자유다, 라고 깨려고 노력은 하는데 역시 구세대 감수성이라 새로운 걸 이해하기 힘들 때가 많아. 예컨대 실리카겔인가 방부제 같은 거 있잖

아. 이름은 정확히 모르겠고 물건만 아는 그런 것이 소설에 갑자기 등장하면 난 이게 뭔가 싶어 덜컥한다고. 또하나는 한국어에 대한 작가들의 성찰이 많이 부족한 것 같아. 한국어의 시제는 대단히 불확실해. 아직도 시간 개념이 제대로 정착되지 않았다는 느낌이야. 그러다보니 독자들은 소설을 읽으면서 시간의 미로 속을 불필요하게 헤매다가 그만 질려서 책을 덮어버려. 정말 어렵거든. 명징하지 않아서 말이야. 안 읽혀. 내가 전위적인 방향으로 글을 쓰려는 작가들에게 나태한 독자도 알기 쉽게 쓰라고 주문하려는 게 아니야. 자신만의 독특한 논리가 중요하다면 그리로 가는 게 옳아. 맥락 없이 어렵게, 불필요한 불친절을 혁신이라고 오해하는 작가들이 있는 건 아닐까? 특히 젊은 작가들의 단편들, 읽기 참 어려워. 앞뒤 관계를 노트에 메모해가면서 읽지 않으면 도저히 표면적 논리도 이해하기 어렵도록 괜히 난해한 작품들도 꽤 많아. 이렇게 되면 선의의 독자들도 떠나가버려. 그런가 하면 장편은 김빠진 맥주 같다는 느낌을 받을 때가 많아. 함량 부족, 자료를 날것 그대로 쏟아부어놓은 부분, 처음에 거창하게, 알차게 나가는 듯하다가 한 삼분의 일 정도 지나면 뒷감당을 못해서 지리멸렬인 경우, 어이

없는 비약과 겉멋 들린 생략, 삶의 실감과 땀냄새 살냄새 나는 디테일을 아예 건너뛴 공염불 실험…… 공을 덜 들여서도 그런 것 같고, 또 출판사들의 잘못 같기도 해. 하도 청탁들을 많이 하니까 이 집 저 집 청탁에 응해 써대느라 여물기도 전에 애를 낳은 것도 같아. 한 번은 안 되고 적어도 세 번은 읽어야 하는 작품, 그런 작품들을 기대하는데 작정하고 메모해서 다 읽고 나면 괜히 그랬다 싶고, 바친 시간이 아깝게 느껴지는 작품들이 있어. 겨우 이걸 하자고 이렇게 어렵게 썼나. 그런가 하면 어떤 작가들은 장편으로 써야 할 귀한 주제, 자신의 삶이 녹아 있는 주제를 그만 단편에 풀어버려. 자기의 내면적 삶에 밀착된 경험을 작품으로 만든다고 할 때 그렇게 함부로 써먹지 않았으면 좋겠어. 한번 쓰고 나면 다시 개작하긴 힘들어. 자기 글쓰기가 성숙할 때까지 놔둬야 한다고. 어쨌거나 많이 쓰면 좋은 작품 나오기 어려운 건 분명한 것 같아.

아, 그렇군요, 선생님. 대답하려고 보니 모기 목소리처럼 완전 숨이 죽게 되는 거 있죠? 이럴 땐 저 자신이 소설가가 아닌 것을 다행으로 알아야 할까요. 주로 소설 평론을 해오셨지만 그런 까닭에 오히려 시에 대해 여기 목울대에 묵직하게 담아 두셨던 말씀이 좀 있을 거라고 봐요. 제게도 종종 매운 시 얘기 많이 해주셨잖아요.

김화영 | 내 문학의 시작은 시인이었지만 나 어디 가서 왕년에 시인이었다는 얘기 절대로 안 해. 이미 발표했던 시가 시집 한 권 분량 정도는 되겠지만 책으로 낼 생각은 없어. 계속해서 시를 써야 시집을 내지. 한때나마 내가 시인이었다는 건 훈장이 아냐. 그건 오히려 어떤 태도야. 나는 언제든지 자기를 비판적으로 볼 수 있는 날카로운 태도가 시라고 생각해. 여러가지 각도에서 언어에 대해, 언어와 삶의 관계에 대해, 매 순간 천착하는 거, 그 태도가 나는 시라고 봐. 바로 그런 시적인 태도가 가장 문학적인 태도라고. 그러니까 계속해서 쓰지 않으면 의미가 없다는 얘기야. 시는 현재를 사는 태도야. 직방으로 심장을 향해 달려가는 게 시 아니겠어? 시는 가령 투우와 같은 게 아닐까? 투우사는 아름답고 용맹스러운 남자의 상징이지. 그 투우사가 1센티미터 간격으로 죽음 앞에 서 있는 거야. 투우사의 옷이 얼마나 화려해. 투우사가 얼마나 잘생겼어. 매 순간 죽음 앞에 던져진 투우사는 젊어. 투우사는 정확하게 소의 해부학적 구

조를 알아야 해. 그래야 소가 오래 고통받지 않고 죽어. 소의 고통은 바로 투우사의 고통이야. 자기도 생명을 걸었으니까. 가장 아름다운 순간은 소의 심장을 정확히 꿰뚫어 칼을 꽂는 거야. 그래서 시는 짧아야 하는 거야. 물론 언제나, 다 그런 건 아니지만. 그와 관련하여 기억나는 분이 있어. 하루는 내가 민음사 박사장님이랑 있는데 한 시인이 찾아왔어. 가만히 엿들어보니까 "이번에 주신 시들로는 시집 한 권을 만들기에 분량이 적더군요. 앞서 낸 시집이 거의 안 팔렸으니 그중 성격이 비슷한 몇 편을 추려 보태보면 어떨까요?" 사장이 그러니까 시인 왈, "그건 좀 곤란하겠는데요" 하는 거야. "그럼 선생님의 시를 좋아하는 황모 시인께 해설을 좀 길게 써달라고 해서 붙이는 건 어떨까요? 아니면 선생님의 시에 대한 생각을 정리해서 좀 붙여보는 것은……" 사장이 다시 말하니까 시인 왈, "내가 딱 몇 줄 써서 붙일 수는 있겠는데…… 역시 안 하는 게 낫다 싶네요" 하고 말아. "그럼 시를 여러 편 새로 써서 붙이는 게 어떨까요?" 사장이 덧붙이니까 시인 말이 압권이야. "금년 가을이나 연말까지 딱 한 편 더 쓸 수 있을 거예요. 그러고는 쫑이에요." 쫑, 쫑이라는 것까지는 알겠는데, 이 시인이 다시 와서는 쭈뼛쭈

뻣 미적미적 이래. "저 혹시…… 한 5천 원 정도만…… 급히 필요해서요." 그때 박사장님이 봉투 하나를 건네니까 애써 흥분을 감춰가며 급한 볼일이라도 있는 듯 사무실을 나가더라고. 그분이 바로 시인 김종삼 선생이었어. 『누군가 나에게 물었다』라는 시집을 민음사에서 낼 때의 일이야. 그래서 시집이 놀라울 정도로 아주 얇아. 예뻐. 나는 그 시인의 인상이 너무 좋았어. 시에 있어서는 요만큼도 양보를 안 한다는 거지. 어떻게든 빨리 시집 내서 한 푼이라도 돈을 더 마련해야 할 처지지만 시에 관한 한 절대로 타협을 못하겠다는 거지. 구걸을 할지언정 시는 양보를 안 하겠다는 거야. 나에게 시는 이런 것이란 말이지. 그런데 요즘 시집들 좀 봐. 이 년이면 한 권씩 시집을 알 낳듯 내고, 뒤에다가는 평론가의 글, 교수님들의 해설 길게 붙이는 것 좀 봐. 시란 꼭 그렇게 해설사의 안내를 받아야 제대로 관람할 수 있는 문화재일까? 시집 뒤에 붙인 해설 글에다 그 시인 깎아내리는 말을 쓸 수는 없잖아. 그러니 자연히 좋게 말하지. 또 어떤 해설은 시보다 더 길고 어려워. 나는 그런 관행이 마음에 안 들어.

선생님의 에세이 얘기를 빼놓고 갈 뻔했네요. 이번 여름에 『여름의 묘약』도 출간을 하셨지만 그에 앞서 『행복의 충격』은 꼭 집어 얘기를 좀 하고 싶네요. 처음 읽었을 때 대체 이 느낌이 뭐지? 좀 불친절한데 치고 들어오는 것이 되게 급물살 같아서, 또 한편으로는 빽빽하게 숲을 이룬 침엽수림 같아서, 아 이 힘을 뭐라 표현해야 하나 한참을 밑줄만 긋고 책장만 접다 누구에게도 안 보여주고 책장 속에 깊이 꽂아놓고 야금야금 읽던 추억이 있어요.

김화영 | 젊은 시절이었으니까 그때 가진 힘도 있었겠지만 아무래도 글쓰는 방식과도 관련이 있는 것 같아. 그 원고 쓰던 시절 전후에 내가 아르바이트로 서울신문 프랑스 통신원을 했어. 손으로 쓰는 것도 보통 일이 아니었지만 글을 보내는 과정이 얼마나 어려웠는지 몰라. 우편료가 비싸니까 한국 들어가는 인편에 가슴 졸이며 부탁하기도 하고 종이 무게 적게 나가게 하려고 얇은 모눈종이에다 원고 매수 계산해서 줄을 긋고는 그 위에다 아주 깨알같이 쓰기도 했어. 올해 나온 『여름의 묘약』 같은 경우는 컴퓨터로 쓴 거거든. 쓰고 얼마든지 쉽게 고치고 또 고친 거거든. 글이 미끈미끈 하잖아. 전자적 글쓰기는 미끈거리고 손으로 글쓰기는 더

러 걸리적거리는 데가 있으니 달라도 많이 다르지. 원고지에 쓰는 글들은 다시 고치는 게 힘드니까 일단 고심해서 단어를 고르게 되고 그사이 집중력도 깊어지게 되지. 좀 거칠어도 그게 매력인데 요즘 전자적 글쓰기는 죄다 미끈미끈한 공산품 같아. 성형한 글 같아. 옛날에 쓴 게 다소 어눌하기는 해도 내 호흡, 내 인간성과 맞아떨어지는 느낌이 강했어. 내 에세이가 좀 다르게 느껴지는 게 있다면 그 이유가 뭘까? 사실 눈에 보이진 않겠지만 꽤 많고 깊은 지식이 필요한 글이면서도 그 지식을 겉에 보이지 않도록 숨기려고 노력을 많이 했어. 나는 글의 리듬과 흐름을 가장 중요하게 보기 때문에 지식은 물속에 숨겨놓고 출렁거리게 하는 편이지만, 그걸 생략하거나 숨기기 전에 아주 정확하게, 폭넓게 알지 못하면 아예 쓰기를 시작할 수가 없어. 어쨌든 내가 에세이를 쓸 때 가장 중요하게 생각하는 건 전체적인 톤과 분위기야. 딱 짜놓고 쓰는 게 아니라 뭔가 속에서 어느 정도 익었다고 느꼈을 때 시작하는, 파도처럼 전체가 굽이치는 과정이어야 한단 말이지. 글은 배워서 쓰는 게 아니야. 자기 자신만이 선생이라고. 나이가 먹었다고 해서 이제 삶에 자신 좀 있다 하고 느끼는 사람 어디 있겠어? 글도 마찬가지라고. 나는 백지가 젤로 무서워. 왜냐면 흔히 봤던 그런 글을 쓰는 사람이 될까봐서. 맞다, 요샌 그런 백지도 참 없지. 더 징그러운 건 컴퓨터니까. 그래서 여러 가지 예술 중에서 가장 높은 게 조각이라고들 했나봐. 한번 깎아내면 끝이잖아. 다시는 못 붙이잖아. 붓글씨도 마찬가지라고. 획이 지나간 자리에 또다시 획이 지나가는 거, 그걸 개칠이라고 하지. 그건 살아 있는 힘의 맥을 죽이는 거야. 붓은 심장의 떨림과 힘을 전달하는 도구야. 떨리면 떨리는 대로 힘이 넘치면 힘이 넘치는 대로 써나가야지 붓을 기울여 모양나게 그리면 안 된다고. 붓을 똑바로 들고 힘껏 붙잡고 쓰라는 얘기는, 다시 말해 눕혀서 형상을 그리면 예쁘게는 쓸 수 있지만 나를 직방으로 표현할 수는 없다는 얘기야. 내 심장이 가리키는 곳으로 곧장 가란 소리야.

뭐니 뭐니 해도 여행, 하면 또 선생님이시잖아요. 선생님만큼 행복한 여행자도 없다 싶은데 진짜 이것이 여행이구나 경험했던 아찔한 한순간만 좀 소개를 해주세요. 더 듣고 싶은데 여행 얘기 시작했다가는 하룻밤 다 잡아먹을 것 같아서요. (웃음)

김화영 | 에이, 나보다 훌륭한 여행자들 얼마나 많은데⋯⋯

아일랜드를 여행할 때가 기억이 나. 가보니 너무 좋은 거야. 적적하고 또 설핏하고. 그래서 마누라를 오라고 했어. 처음으로 자동차도 대여를 했지. 인적이 없는 경치들이 아주 좋더라고. 자동차를 끌고 곳곳을 정처없이 돌아다녔어. 어딘가 길을 따라 계속 갔는데 어라, 눈앞에서 길의 끝을 만난 거야. 길이 산골짜기에서 끝난 것은 봤어도 벼랑 위에서 딱 멈춘 건 처음 봤어. 길이 끝나고 보니 문득, 절벽이야. 자동차로 절벽 앞에 다다른 적이 처음이었어. 인생을 닮은 여행. 여기저기 돌고 더블린으로 와 빌린 차를 반납하고 났더니, 햇볕 쨍쨍 내리쬐는 횅한 주차장에 남은 거라고는 달랑 여행가방 두 개랑 마누라뿐이야. 허허 이게 참 여행이구나, 이런 홀홀함을 깨닫는 것이 인생이구나 싶더라고. 여행을 다니면 사람이 덜 위선적이게 되는 듯해. 어쩌면 그래서 그렇게 뭣엔가 홀린 듯이 떠돌았는지도 모르겠어. 벌거벗은 나를 만나려고. 지금은 그냥 쉬러 가는 때도 많지만. 한마디로 기가 죽은 거지. 게을러진 탓도 있고.

어린 시절부터 책에 대한 관심이 지극하셨잖아요. 요즘 책 안 읽는 대한민국이 위기니 뭐니 연일 시끄럽기는 합니다만,

선생님이 강조하시는 책, 그 책에 대한 한말씀 부탁드려요.

김화영 | 우리 때는 책이 참 귀했어. 윗세대들에겐 일본 책이라도 있었지, 우리 때 책은 순 한글 책인데 너무 귀했어. 돈도 없고 종이도 부족하고 글쓰는 이도 부족하고. 그때 책은 그냥 사서 보는 게 아니라 반드시 표지를 다른 종이로 싸서 펴보는 귀한 물건이었어. 그땐 책 싸는 종이가 따로 나왔어. 책표지 싸는 비닐이 나온 건 더 나중의 일이고. 지금은 다 벗겨졌지만 어떤 책들은 보면 표지를 싼 신문지나 종이가 고스란히 그대로 남아서 껍데기가 더 중요하다 싶은 것도 있더라고. 김승옥 단편 중에 「싸게 사들이기」라는 거 혹시 읽어봤어? 헌책방에서 사고 싶은 책이 있는데 너무 비싸. 그래서 주인 몰래 책장 하나를 딱 찢어 주머니에 넣어두는 거야. 나쁜 짓이지만 책방에서 나오면서 이거 한 페이지가 찢어져나가고 없는데요, 하고 책값을 깎아. 그러고는 집에 와 붙이는 거야. 책이 귀한 시대를 통과하면서 나에게 서점과 책은 일종의 교회가 되었던 것 같아. 내가 프랑스 가서 가장 좋았던 게 서점에 들어가 누구의 방해도 없이 맘껏 책을 구경할 수 있었던 거였어. 왜 요즘에 서점에 가면 여기저기 명찰 단 직원들이 와서 도와드릴까요? 하잖아. 나는 그

말이 정말 싫어. 도와주면 꼭 필요한 책만 사 들고 나와야 되잖아. 서가 사이의 골목을 이리저리 돌아다니며 이것저 것 뽑아보고 냄새 맡고 목차를 읽고 종이의 질감을 느껴보 는 데서 책에 대한 취향과 안목이 생기는 건데, 뭘 도와준다 고 하면 나의 이 어슬렁거리는 즐거움이 없어지고 말잖아. 사실 책방에서 사려고 마음먹었던 것이 아닌 그 옆의 다른 책이 눈에 들어오는 거, 그게 더 귀한 발견이잖아. 그런데 요즘은 책이 너무 많이 나오니까 책을 너무 손쉽게 구하고 읽는다고. 바슐라르가 그랬잖아. 책 읽는 사람의 주기도문 은 '하느님 아버지 저희에게 일용할 양식을 주시옵고……' 가 아니라 '일용할 배고픔을 주시옵고……'라야 한다고 말 이야. 책에 관한 한 배가 고파야 된다는 건데 요즘 풍요의 시대 사람들은 지금 자기 배가 부른 줄로 착각하는 거야. 입 시 지옥과 인터넷이 그렇게 만든 거야. 프랑스만 해도 국어 교과서 같은 건 따로 없잖아. 고등학교 졸업자격시험에 합 격하려면 반드시 읽어야 할 책의 목록만 있을 뿐이라고. 책 에서 얻는 재미를 알게 해야지. 재미로 보자면 탐정소설만 한 것이 없지. 그런데 살인범이 누군지, 범행 수법이 뭔지 알고 나면 그 탐정소설 두 번 다신 안 본다고. 읽고 다시 읽고 소리내어 또 읽고 더러는 몇 페이지 암송도 하고 필사도 하고 싶은 책, 다시 읽을 때마다 의미가 달라지는 책, 의미가 살아서 움직이는 책, 그것이 좋은 책인데 우리들에게 그런 책이 얼마나 있나…… 그것도 냉정하게 한번 생각해봐야 하지 않나 싶어.

긴 시간 너무 고생 많으셨어요. 끝으로 책상 구경 좀 하다 나갈까 해요. 뭔가 어질어질 책이 많네요. 한창 작업하고 계신 책인가봐요.

김화영 | 최근에 로제 그르니에의 단편집 번역을 마쳤어. 이 양반 나이가 자그마치 아흔셋이야. 그런데 갈리마르 출판사에 여전히 출근하고 인터뷰, 강연 같은 것 외에 일 년 반에서 이 년에 한 권씩은 꼭 책을 내. 중언부언하기보다는 아주 간결한 문체야. 생략이 심해서 번역이 쉽지는 않지만. 책 시시한 데서 안 내. 이번 책도 갈리마르에서 나왔다고. 그에 비하면 우리나라 문인들은 너무 조로한 것 같아. 최선을 다해 진지하게 쓰는 사람은 드물고 무엇보다 너무 빨리 쓰고 또 문학기념관이나 짓고 그 안에 들어가 미라가 되어 들어앉으려는 경향은 좀 보기 안 좋아. 작가가 살아생전에

자기 무덤 관리나 해서 쓰겠어. 작가는 죽을 때까지 쓰는 사람이야. 프랑스는 살아 있는 작가들을 참 존중해. 어른들도 폼을 재거나 권위적으로 안 굴어. 죽는 날까지 자기 페이스를 유지하는 현역이 작가인 거지. 로제 그르니에 얘기를 했지만 나탈리 사로트도 아흔 넘어서까지 썼다고. 작품도 좋았고. 우리나라에선 너무 신인만을 중요시하는 경향이 있어. 나이 먹은 사람들 자신들에게도 책임은 있겠지만 이건 정말 문제가 있는 현상이야. 둘러보라고. 신인, 새로운 인재 찾느라 혈안이라고. 신춘문예, 신인상, 젊은작가상 쏟아져나오는데…… 그리고 요즘은 모든 독자가 다 스스로 저자가 되어버린 것 같아. 그럼 독자 노릇은 누가 하지? 우리에게 진지하게 글쓰는 노인들이 잘 보이지 않는 건 유감이야. 여든 살, 아흔 살에도 현역이어야 진짜 작가 아니겠어? 또 진짜 작가는 많이 읽어야 하지 않을까?

(『문학동네』 2013년 겨울호)

1

월

5

일

일기

앞집의 처녀가 시집을 가는데
뒷집의 총각은 목매러 간다잖아

흥미를 잃은 지 오래인 페이스북을 지우지 못하고 있는
건 '과거의 오늘' 알람 때문이기도 하다. 일 년 전 오늘, 이
년 전 오늘, 삼 년 전 오늘…… 그렇게 가입 이후 내가 남긴
그날그날의 이야기를 그날그날마다 알아서 알려주니 그때
마다 새록새록 추억에 젖어 사진도 저장하고 글도 복사할
수 있으니 그 재미의 쏠쏠함이 좀처럼 포기가 안 되는 것이
다. 신박한 간소함이란 얼마나 어려운 일이냐. 애초에 될
수 없으니 지지리 너저분함이나 즐기자 하고 클릭을 했더
니만 어라, 일 년 전 오늘에 사진 하나가 크게 뜬다. 문학동
네포에지009 날으는 고슴도치 아가씨 교정지, 그리고 구색
으로 맞췄음이 분명한 만년필 하나.

문학동네포에지를 준비하는 근 오 년 동안 수시로 뒤집

었다 엎었다 새로 했다 그대로 갔다 정말이지 시리즈를 맡은 이기준 디자이너에게 갖은 변덕을 부려왔던 나. 책이 그러하듯 디자인 또한 정답이란 게 없으니 가보는 데까지 가보다 이쯤이려니 하는 데서 타협이란 걸 감행하는데 그런 연유로 일 년 전에 마친 교정을 새로 조판한 교정지에 옮겨야 하는 일을(세상에나!) 지금껏 미루고 있던 참이었다. 내 시집이니 첫 시집이니 유난히 더 그랬을 것이다. 시절이 다르기도 했거니와 뒤이어 나온 세 권의 시집은 낭독의 자리니 작가와의 만남이니 하여 소리를 내어 읽은 적 잦았건만 첫 책은 그러하지 못했었다. 불러주는 사람도 없었지만 부르기 무섭게 숨기 바빴던 것도 나였다. 왜 그렇게 쭈뼛거렸을까, 왜 그렇게 피했을까.

2005년 시집이 나온 이후 지긋지긋하고 꼴도 보기 싫어서 넘겨도 보지 않다가 십오 년 만인 작년에 첫 시부터 끝 시까지 읽어내고는 처음으로 내가 내게 인정이란 걸 하게도 되었더랬다. 잘했구나, 가 아닌 애썼구나, 하는 짠함의 소금기. 그러게 나는 왜 그렇게 짤까. 그럼에도 아침저녁 지하철에서, 야근 이후 택시에서, 주말에는 독서실에서 왜

나는 세상에 너와 나 단둘이 밖에 없다 하는 심정으로 시라
는 개만을 낑낑대며 붙들었을까. 살려고 그랬음을 그땐 모
르고 지금은 알겠거니와, 죽고 싶다는 말을 진짜 죽을 것 같
으니까 한숨처럼 내뱉을 때마다 배가 불러서 그러니 엄살
이니 하는 말로 입을 다물게 했던 한 선배가 떠올랐다. 진심
으로 하는 타이름은 그런 방식의 말이 아님을 나는 그에게
톡톡히 배울 수 있어 진심으로 머리를 숙여 보이기도 했다.
고맙다고 말하니까 그는 분노를 조금 표출했던 것도 같다.
사람이 말이야, 예의를 갖춰 옳은 소리를 하면 하여간에 그
렇게 화들을 내요. (다행히 그는 아주 눈치가 없는 건 아니었
다.)

가독성을 위해 2부 시 순서만 좀 움직이고 웬만하면 애초
에 쓰인 그대로 두자는 원칙 속에 다시 보니 쉼표와 마침표
에 눈이 돌 지경이었다. 쉼표를 왜 이렇게 빈번하게 찍고 마
침표를 왜 이렇게 가물가물 말았을까. 그때는 자연스러웠
는데 지금 왜 부자연스러운가 하니 나나 읽겠지 했던 시들
이 다다 읽을 수도 있겠구나 하면서 내 시를 호흡하는 데 있
어 내 페도 그 다름을 감지한 게 아닌가 하였다. 포스트잇에

쉼표라 쓰고 마침표라 써서 모니터 앞에 붙여두었다.

　시집 표4에 들어갈 시로 「나는야 폴짝」까지 골라두고 나
니 긴장감이 풀려서는 와인 한 병을 따지 않을 수가 없었다.
디켄터에 와인을 붓고 잠시 기다리는 사이 마른 김이나 곁
들여야지 부엌 선반을 여는데 몇 달째 버리려고 비스듬히
세워둔 훌라후프가 눈에 띄었다. 김밥용 마른 김을 덥석 집
어들고는 거실로 나와 김을 찢어 먹어가며 훌라후프를 돌
렸다. 밥만 누가 먹여주면 하루종일 이거 돌리는 게 대수냐,
훌라후프 돌려가며 편집하던 시집 교정지 한 장씩 바닥에
버려가며 시집 제목 짓던 기억들이 휘휘 눈앞에서 돌았다.
순식간에 먹어치운 김이 손에서 놓여나니 훌라후프 돌리는
흥도, 훌라후프 돌아감의 리듬도 금방 잦아들었다.

　부산에 사는 소설가 오성은이 곱창 김을 보내준 것이 불
과 열흘 전의 일인데 뭐 그저 그렇고 그런 김이겠지 심드렁
하다가 한번 뜯어먹기나 해보자 했다가 눈이 파래가 되어
서는 그 김 한 묶음을 혼자서 이틀 만에 먹어치우고 내가 파
래를 쌌나 싶게 녹색 똥을 오지게 눈 기쁨을 가만, 내가 성

은이한테 잘 받았다고 고맙다는 말을 해줬던가 안 해줬던가. "앞집의 처녀가 시집을 가는데 뒷집의 총각은 목매러 간다. 사람이 죽는 건 아깝지 않으나 새끼 서 발이 또 난봉나누나." 〈사설난봉가〉 반복하여 듣는데 이 가사 몇 줄이면 끝난 것을 184쪽짜리 내 시집 참 민망하게 두꺼워서 오디오를 그만 껐다.

(2022년 1월 5일 수요일)

1

월

6

일

에세이

체리와 땅콩이면
안 잊힐 터

부고 문자가 연달아 날아왔다. 삼 일을 연이어 세 사람이 떠났다. 세상 안으로 온 바 있으니 세상 밖으로 가는 바 있음이 지극히 당연함을 알면서도 그때마다 익숙해지지 않는 다잡기가 누군가의 부음을 맞닥뜨렸을 때 순간 의자 다리 한쪽이 휘청대는 듯한 마음이다. 마음, 내 마음 어디선가 숭숭 바람이 드는데 도통 창문이 안 보이니까 깜깜도 하고 막막도 한 마음, 내 마음 어디선가 창문이 열렸으니 창밖으로 나간 사람도 있다는 얘기려니 이왕에 그는 바람이 되었으면 좋겠다 간절히 기도하게 되는 마음.

그렇게 모은 두 손으로 영정사진 앞 고인의 얼굴을 바라볼 적에, 특히나 그가 아주 가까웠던 사이라면 그 짧은 시간에 다들 머릿속에 무슨 생각을 되뇌는지 허심탄회하게 묻고 다닌 적 꽤 있었다. 이상하지, 두 눈을 꼭 감은 채 머리 숙여 인사를 할 적에 까만 크레용을 덧발라 칠한 도화지 한 장이 내 얼굴을 랩처럼 감싼 것처럼 나는 아무 생각이 안 나는 생각만 떠올랐으니 말이다.

퉁퉁 부은 눈으로 발인을 마치고 나왔을 때 유족이 말했다. "병원 밥 먹기 싫다고 이거저거 다 싫다더니 죽기 전에 마지막으로 먹고 싶다고 사다 달라고 한 게 유일하게 체리 세 알이랑 땅콩 두 알이었어요. 왜 하필 그 둘을 얘기했는지, 그런데 왜 나는 그걸 꼭 말해주고 싶은 건지……"

"민정아, 내 인생은 왜 구름 낀 볕뉘도 한번 쬔 적이 없는 느낌일까." 생전의 그가 내게 한 말이 밟혀 하늘이나 처다보는데 구름은 높고 낮볕은 부셔 눈을 쉽게 뜰 수가 없었다. 분명한 건 내가 전에 알던 체리와 땅콩이 내가 처음 알게 된 체리와 땅콩이 되었다는 사실이다. 그리하여 체리와 땅콩을 먹을 수나 있으려나 하였는데 사람 참 잔인한 것이 나는 지금 우도 땅콩을 먹으며 이 글을 쓰고 있다는 거다.

어느 날 내가 울고 있을 적에 우연히 전화를 걸어온 김용택 시인이 해주신 말씀처럼 그래, 어쩔 수 없는 건 어쩔 수 없는 걸 거다.

1

월

7

일

시

어느 때 여느 곳 종 치는 여자들 있어
—경이

눈과 경이는 내리고
노래와 싫증은 떠돕니다.

밟으면
지붕 위가 꿈틀합니다.
산보를 한자로 쓰고 싶어집니다.
散 앞에 흩을,
발음하고 시작할 적에
혀로 등을 미는 존재들
지척에서 사고가 있었다는데
눈은 무엇을 먹을까요?
추위가 거지처럼 다가와
목덜미를 물어뜯고 있는데

겨울에 개들은 자면서도

왜 자꾸 잠을 잘까요?

눈

빠져들면

깊이를 잃습니다.

떨어지면

양털 슬리퍼 한 짝

파묻힌 데로 풀이 가

봄을 에워쌉니다.

경이

자란다는 거 말입니다.

경이

과시 아니고 좌시 말입니다.

경이

뿔테 안경이 잘 어울리던

중학교 때 내 친구 경이는

풀에는 꼭대기가 없다고 했습니다.

그곳 역시 출구가 아님을

그것 역시 출구가 됨을

떪으로 가리키는 바람

풍경도 누군가 치니까 절로 뱉는 게

노래라면

치니까

치대니까

스테인리스 볼에 담긴 떡반죽의 찰기

한 줌 뜯어다가 창에 붙여

코를 막고

두 줌 뜯어다가 창에 붙여

두 눈을 가리면

가을이 창밖에서 수꿩 울음을 냅니다.

너를 잃어버리고도

8월 여름 비 온 뒤

대관령 양떼목장

양 건초 주기 체험은 즐겁습니다.

먹이고 살찌우는 일은

공교한 재미가 있습니다.

목장 앞 양꼬치구이 가게

숯불구이 양념구이 줄이 깁니다.

먹고 살찌는 일이

몇 달 뒤 아주 완벽한 시를 쓰게 할지는

모르겠습니다만,

싫증을 한자로 쓰고 싶어집니다.

症 앞에 싫,

"싫은 싫어의 줄임말이고,

보통 뒤에 ㅋ를 붙인다"고 나와 있는

〈알면 인싸되는 신조어 사전〉

'싫ㅋ'

이 제목으로

몇 달 뒤 꽤 재미난 시를 쓰게 될 것도

같습니다만,

나무에 꽃 피는 거 다 볼 거고

수요일마다 다 지울 겁니다.

오늘은 몹시 더운 날이었습니다.

1
월
8
일

에세이

내가 손편지를
벽에 붙여놓는 이유

1993년 고등학교 이학년 때 처음으로 혼자 연극을 보았다. 김지숙의 모노드라마 〈로젤—여자살이〉였다. 하필 왜 그 작품이었을까. 정확히 기록하지 않아 명확히 기억하지 못한다. 다만 그 연극의 대본이 빽빽하게 들어차 있는 팸플릿을 왜 삼십 년째 간직하고 있는 걸까 하면 '여자'와 '살이'라는 말에 지금껏 붙들려 있어서가 아닐까 짐짓 짐작이나 할 뿐이다.

땀에 푹 젖은 머리칼이 자꾸만 볼에 들러붙는 걸 떼어가며 배우가 족히 5센티미터는 됨직한 큰 글씨로 팸플릿에다 이렇게 써주었다. '그대의 삶을 스스로 선택하고 책임지시오. 金知淑.' 그대, 삶, 스스로, 선택, 책임, 그리고 제 이름 석 자. 어려운 단어 하나 없는 평이한 한 줄의 문장이 꽁꽁

얼어붙은 나라는 바다를 순간 어떻게 깨부수었는지 목울대에서 무언가 솟아오르는데 이는 분명 말할거리가 아니었다. 이는 필시 쓸거리도 아니었다.

그날 이후 나는 그런 한 문장을 수도 없이 내 것으로 수집하고 싶어 닥치는 대로 책을 사모으기 시작했다. 하루는 교과서 밑에 이상문학상 수상작품집을 깔아놓고 몰래 읽다 들켜 선생님께 그 책으로 머리통을 맞았는데, 그 상황이 전해진 모양이었다. 다음날 아침 담임 선생님이 나를 부르셨다. "책임과 의무를 다할 네 시간에 대한 최소한 예의는 있었으면 한다." 그때 나는 울었던가 그 눈물은 굵었던가. 선생님이 교복 주머니 속에 넣어준 손편지를 화장실 변기에 앉아 뜯었다. '사랑하라, 그리고 네가 원하는 것을 하라. 아우구스티노.'

무명이긴 하나 몇 권의 책을 출간한 이후 가끔 검색창에 내 이름을 쳐보고는 한다. 내 기억에서는 희미해졌으나 누군가의 손에서는 선명할 내 손글씨를 그렇게도 만난다. 사인을 다시 해서 보내드린다고 할까, 그런 심정일 적이 잦아

동네 어디 서예학원이 없나 알아본 것이 십수 년째다. 배보다 배꼽인지 배꼽보다 배인지 철없는 나라지만 일단은 뭐배를 탐하다보면 무엇이 중헌지 언젠가는 알리라 한다.

1

월

9

일

에세이

오늘은 사랑하는 후배
서유경의 생일이다.
(1983. 1. 9~2023. 2. 18)

때론 이른봄이
이렇게도 들이닥치나보다

 직장 후배로 십여 년 격의 없이 지내던 한 친구를 잃었
다. 삼십대 후반, 월요일 퇴근 후 늦은 밤 갑작스러운 심정
지. 한라산에 간답시고 연이틀 놓친 몇 통의 전화 가운데 그
의 남편 번호도 있었다. 빠르면 주말, 늦어도 월요일에는 떠
날 것 같다네요. 유난을 떨까 폐가 될까 늘 주변 사람 배려
에 급급이던 평소답게 그는 담당의의 말이 혹여 허언이라
도 될까 제 돌아갈 날을 토요일로 삼더니 그날을 넘기지 않
았다.

 세상에 태어나서 죽을 때까지의 동안, 그 일생을 말로 재
는 줄자가 있다면 그 눈금의 시작과 끝을 간다와 갔다로 표
기해도 필시 억지는 아니리라. 나는 살아 너에게 가고 있는
데 너는 죽어 어디로 갔을까. 서로 갈리어 멀어짐, 그 이별

을 말로 재는 줄자가 있다면 그 눈금의 시작과 끝을 직진과 후진으로 표기해도 가히 무리는 아니리라.

그해 늦봄, 암으로 세상을 뜬 엄마의 장례식을 치르고 온 지 며칠 안 되었던 친구가 교실 청소를 하려 창을 열며 중얼거렸던 말. 우리 엄마 어디로 갔을까. 일순 내 말문을 탁 막아버린 말. 빗자루질은 네가 해, 대걸레질은 내가 할게. 시방 깜깜해진 사방, 수돗가에서 대걸레를 비벼 빨며 나는 무슨 생각을 했던가. 고개를 푹 숙인 채 느릿느릿 교실 바닥을 쓸고 있던 친구 곁에 다가가자 새빨개진 눈으로 북받친 듯 내뱉던 말. 있잖아, 우리 엄마가 목구멍 안에 있어.

근 삼십 년이 되었는데 잊히지 않는 말. 고등학교 삼학년 자율학습 시간 일기장에 적혀 지금껏 살아남은 말. 죽어도 닭 모가지는 안 먹게 만들어버린 말. 어쩌다 황망한 부고가 전해지는 날이면 하릴없이 빗자루를 집어들고는 한다. 먼지는 털어야 보이고 먼지는 쓸어야 쌓인다 할 적에 가만, 우리 모두 먼지라는 가느다랗고 보드라운 티끌들의 합집합 아니려나.

쇼핑몰에 들어가 작은 데스크용 솔을 하나 주문했다. 선택하라기에 색은 그린으로 삼았다. 십여 년 전 후배가 내 시집 표지 속 캐리커처를 직접 그리고 수놓아 선물로 준 에코백 컬러가 그러하였으니 이제 와 이 맞춤이 무슨 소용이련만 그럼에도, 그래야, 그러면, 다가오는 봄에 작은 화분 하나 사서 '너'라 이름하길 잊지 않을 것도 같아 그리하였다.

1

월

10

일

에세이

네가 길들인 것에
넌 언제나 책임이 있어

왔다. 갔다. 없다. 사람 얘기냐고? 사랑 얘기냐고? 그거
다 시끄럽고 이거 다 눈 얘기다. 기다림을 기다랗게 늘릴 줄
아는 기약의 천재인 눈은 특히나 1월이면 절로 자주 하늘을
올려다보게 만든다. 개든 걔든 누구랄 것을 가리지 않는다
는 공평함, 개의 꼬리든 사람의 손이든 절로 흔들게 만든다
는 자유로움, 무엇보다 비울 만큼 버려 더는 잴 수 없는 무
게라는 가벼움.

올해를 시작하며 나는 다이어리 맨 앞장에 이 구절부터
옮겨적었다. "행복의 비결은 필요한 것을 얼마나 많이 가지
고 있느냐가 아니라 내가 불필요한 것으로부터 얼마나 자
유로운가에 달려 있습니다."(법정 스님)

내 살 찌고 깎는 다이어트에는 혈안이 된 지 오래인데 내 삶 쓸고 닦는 정리정돈에는 얼마나 무신경으로 일관했는지, 대청소의 주간을 작심하고 온 집안의 서랍이란 뚜껑 없는 상자를 하나하나 열고 둘둘 뒤지기 시작했다. 앞치마의 끈을 허리춤에 묶기 전에 '버리기 힘들어 고민하고 정리가 어려운 당신을 위한' 수납 정리에 관한 책이나 정리의 달인을 문패로 건 이들의 유튜브를 연이어 찾아보기도 했다. 그것도 잠시, 손에 쥔 무엇 하나에 철퍼덕 주저앉아버리는 순간이 예의 잦았다.

나를 끌어내리는 건 물건의 무게가 아니라 필시 그에 깃든 시간의 손이구나. 이 묘한 기시감이 그 길로 날 턴테이블 앞으로 걸어가 LP 하나를 꺼내 올리게 했다. "제일 중요한 것은 눈에는 보이지 않는 법이야. (……) 네가 길들인 것에 대해서 넌 언제나 책임이 있어." 맡아서 해야 할 임무나 의무의 무거움과 무서움의 말 '책임'을 나는 중학교 삼학년 겨울, 국어나 사회 교과서도 아니고《양희은 1991》앨범 중 노래 〈잠들기 바로 전〉의 기타리스트 이병우의 가사에서 배웠던 듯싶다. 그리하여 자문하는 심정으로 씨불여보는 혼잣말이니 그간 내가 길들여놓고 줄행랑에 바빴던 일들, 그 속에서 함께 놀다 슬그머니 놓고 또 놓쳐버린 사람들, 우연히 마주한다면 만나서 반갑다고 쎄쎄쎄 과연 손뼉 치며 놀자 할 수 있을까?

에세이

2011년 1월 11일 화요일. 시집 『빌어먹을, 차가운 심장』 출간으로 독일에서 귀국한 허수경 시인과 문학동네시인선 론칭 기자간담회를 함께한 날.

행사가 끝난 후 바로 그곳 식당 '라꼼마'에서 수경 언니는 박찬일 셰프가 해주는 음식을 감탄과 경탄을 곁들여 깨끗이 다 비웠지. 아주 천천히, 오늘이 마지막일 것을 잘 아는 사람처럼.

수경을 보라
수경은 보라
—유고집 『가기 전에 쓰는 글들』에 덧대는 이야기

1.

민정아

아주 오랜만에 듣는 네 음성.

내가 어디에 있든 당장 알아볼 수 있는 그 목소리.

나는 태연하려고 했으나 전화를 끊고 태연하지 못했다.

오늘 의사를 만나고 오는 길이다.

마지막 항암치료를 받는다지만 그것도 몇 달,

아무도 장담할 수 없다고 하더라.

이런 생각.

우리는 짧게 만났으나

문학으로 본다면 아주 긴 인연이었고

그 인연은 계속될 거야.

요즘 쓰고 있는 작은 시집이 있는데

그 책은 네가 내주어야겠다.

네가 여기 오는 일.

나는 네 얼굴과 목소리, 마음,

다 가지고 있으니 그걸로 족하다.

이곳에서 이별을 하는 게 좋을 것 같아.

원고를 넘기기 전에

네게만 몇 번 메일을 보낼 테니

네가 참기 힘들더라도 넌 내 동생이니

참아주렴.

너를 보면 겨우 참았던 미련들이

다시 무장무장 일어날 것 같아.

시인이니

시로 이 세계를 가름하는 걸

내 업으로 여기며 살아왔으니

마지막에도 그러려고 한다.

나를 이해하렴.

네가 있어서 든든하고도 마음은 시리다.

네 일도 많을 터이고

네가 돌보는 이들도 오죽 많으랴 싶어서……

시를 많이 쓰는 나날이 네게 오기를 바란다.

날카로운 혀를 늘 심장에 지니고 다니렴.

사랑하는 민정에게

수경 씀

2.

2018년 3월 23일 새벽 네시 일분에 편지 한 통이 도착했습니다. 어쩌면 이 한 통의 편지가 이 한 권의 책을 다 말하고 있는 건지도 모르겠습니다. 그럼에도 무슨 할말이 더 남아 이리 보태려 하는가…… 욕심이기도 할 겁니다. 그러나 보다 정확히 보다 생생히 시인의 이 책을 말하려는데 시인이 없다는 거…… 두려움이기도 할 겁니다. 이 생에서 시인은 쓰던 사람, 이 생에서 나는 그 씀을 꿰던 사람. 이 생에서 우리 둘은 그렇게 나뉘었던 사이, 이 생에서 우리 둘은 그렇게 달랐던 사이. 이 생의 그 사이 가운데 여섯 권의 책을 함께했고, 이 생의 그 사이 너머로 여러 권의 책을 함께하자는, 시작 같은 다짐인데 끝 같은 당부면 어쩌나 온몸을 떨게 하던 시인의 타전이자 전언. 시인의 기척이 들려올 때마다 나는 시인을 기적에 묶어두려 했습니다. 어디 가지 말라고, 거기 오래 있으라고. 그러니까 이 책은 그날로부터 비롯되었습니다. 그리고 이 책은 그날로부터 여전히 어떤 처음에 머물러 있습니다. 이 책은 어쩌면 끝끝내 그날이라고 불러야 할지도 모르겠습니다. 지금 여기 없는 사람의 여기 있는 책이니 말입니다.

3.

가기 전에 쓰는 시들. 책 제목이라며 불러주기에 책 제목이구나 받아적었던 다이어리 한 귀퉁이 흘려 쓴 내 글씨. "가긴 어딜 가요. 여기 오래 있어야지." "나 멀리 안 가. 잠깐 장에 갔다고 생각해." 컨디션이 좋다던 봄날, 마당에 나가 꽃도 심었다는 2018년 5월 16일, 목소리가 한껏 그 작은 발뒤꿈치를 들어올릴 것처럼 힘차서 함께 신이 났던 그때 시인이 했던 말. "시를 쓰고 있는데 이게 시일지는 모르겠어.

네가 보고 읽을 만하면 꼭 시집으로 내줘. 몇 편 안 될 거야. 욕심인 거 아는데 미안하다." 몸이 이렇게 아플 수도 있는 거니 미칠 것 같다던 가을날, 언니 많이 아파? 당연한 말 말고는 할말을 못 찾던 2018년 9월 12일, 목소리가 점점 젖어들고 잦아들어 졸려서 그런 걸 거라고 바라는 대로 믿고만 싶었던 그때 시인이 했던 말. "멀지가 않을 것 같아. 그렇게 나쁘지는 않아. 그렇게 쉽기야 하겠니. 오늘이 좀 안 좋아. 내가 좀 좋아지면 내가 전화를 다시 할게. 컴퓨터에 글들 보고는 있는데 그런데 어떻게 내 글이 책이 좀 되기는 할까."

4.

2018년 10월 27일 독일에서 시인의 수목장을 치렀습니다. 침엽수림처럼 키가 큰 시인의 독일 지인들이 둘러서서 그 높은 코끝이 빨개지도록 울며 코를 푸는데 나는 눈물이 하나도 안 났습니다. 말기암 소식을 전해온 시인과 처음 통화를 하게 되었을 때 훌쩍훌쩍 우는 내게 시인은 말했습니다. 이 일이 울 일은 아니라고. 그렇다면 대체 울 일은 어떤 일이냐는 물음에 시인은 생각해보면 참 많을 거라고, 그런데 내 일은 그럴 만한 일이 결코 아니라고 단호히 말했습니다. 세상살이 속 울 만한 일은 대체 뭘까, 울어도 될 일은 뭘까, 지난 일 년 동안 울음을 잃어버린 나는 그 울음을 찾기 위해 꽤나 자주 곤궁해져보았던 것도 같습니다. 그 덕분에 울음을 잊고 살 수 있었던 건지도 모르겠습니다. 그리고 그날 이후 내게 생긴 단 하나의 어떤 '있음'. 식을 마치고 돌아서는데 장례지도사가 날 불렀습니다. 시인의 나무에서 떨어진 도토리라며 그걸 건네주는 것이었습니다. 잃어버릴까 손에 꼭 쥐었습니다. 깨질까봐 꼭 쥔 손에서 힘을 살짝 풀었습니다. 길쭉하고 단단한, 그러나 아직 어린 도토리. 유독 다람쥐를 호기심 어린 눈으로 관찰하던 시인. 그 천진함의 눈을 엽서에 담아 내게 실어보내기도 했던 시인. "여기는 장미가 봉오리를 열기 시작한다. 마당에 나갔다가 토끼랑 다람쥐랑 잠깐 놀다가 문득 바라보니 저 아름다운 꽃이라니." "세상에나 다람쥐들이 벌써 겨우살이 준비를 한다. 오늘 집마당에 아직도 푸른 호두를 물고 재게 달리는 다람쥐를 본다."

5.

　시인이 다람쥐를 보았을 바로 그 집마당에 내가 섰습니

다. 누가 시켜서 챙겨간 것도 아닌데 보라색 코트에 보라색 니트에 보라색 가방을 메고 있던 나였습니다. 누가 시켜서 심은 것도 아닐 텐데 시인의 집 마당에 보랏빛 잔대꽃이 잔 뜩 피어 있었습니다. 주저앉아 보이는 족족 따서 앙증맞은 보랏빛 작은 잔대꽃을 한 움큼 손에 쥐었습니다. 시인이 가 꾸던 마당에 핀 꽃이라지만 이제 더는 시인이 딸 수 없는 꽃 이라는 거, 죽음이란 아는데 참 그렇게 할 수 없는 거…… 그 작은 보랏빛 잔대꽃 한 움큼을 시인의 사진이 놓여 있던 테이블 위에 놓아주었습니다. "수경은 바이올렛이야." 그때 시인의 부군이 말했습니다. 어제보다 물기가 한층 더 빠진 투명한 하늘색 눈동자를 껌뻑이며 르네 선생이 말했습니 다. 그랬구나. 그랬었구나. 수경은 보라였구나. 수경은 보 라구나. 넘겨받은 시인의 유고 원고를 가방에 넣어 호텔로 돌아왔습니다. 트렁크 안에서 보라색 보자기를 꺼내 탈탈 털고는 침대 위에 펼쳤습니다. 한국을 떠나올 때 트렁크 지 퍼를 다 채우기 전에 후다닥 부엌 선반으로 뛰어가 여러 보 자기들 가운데 유독 짙은 보랏빛 보자기 하나 부리나케 챙 겨 넣었을 때 설명할 길 없는 나의 그 행동거지에 더는 왜라 는 물음을 갖지 않기로 결심했습니다. 수경은 보라였으니까요. 수경의 보라였으니까요.

6.

작고 낡은 LG 노트북 한 대, 모눈종이로 된 스프링 노트, 『빌어먹을, 차가운 심장』을 냈을 적에 사은품으로 만들었던 빨간색 무선 노트, 클레르퐁텐의 블루 중철 노트, 장 볼 내역, 은행에서 본 업무 내용, 누군가의 전화번호, 누군가의 주소 등등을 연필과 색색의 볼펜으로 적어놓은 각종 메모들. 서울에서 도착한 몇 통의 편지와 카드, 출판사에서 보낸 인세 정산서와 원고 청탁서, 나는 읽을 수 없게 독일어 글자들이 가득했던 두툼한 이면지 묶음. 그 원고 더미 맨 위에 놓여 있던 손수 적은 친필 시 한 편. 반으로 접힌 A3 트레이싱지 위에 푸른 잉크로 물들어 있던 시인의 시 「오래된 일」, 그리고 허수경이라는 이름 석 자. 시인의 마당에서 꺾은 보랏빛 잔대꽃을 마지막으로 보자기의 매듭을 단단히 묶었습니다. 한국에 돌아와서도 그 보자기 푸는 일을 한참이나 미뤘습니다. 어찌 보면 묵히는 일의 묵묵함을 배우게 한 것도 기실 시인이었던 같습니다. 혼자서 자두 몇 상자를 먹어치운 날들이었습니다. "그뒤의 울음을 감당할 수 있는 것은 자두뿐이었다"는 시인의 시 「자두」 속 한 구절을 내가 진작부터 맘속 단단히 새기고 있어서였는지도 모르겠습니다.

7.

2018년 12월 30일 독일에서 USB 하나가 도착했습니다. 당신과 함께 마지막까지 사용했던 컴퓨터에서 한국어로 쓰인 폴더들만 모아달라던 부탁을 르네 선생이 들어주었던 겁니다. 그리고 며칠 뒤인 2019년 1월 3일 르네 선생이 노트 하나를 찾았다며 스캔을 해서 보내주었습니다. '가기 전에 쓰는 시들'이 '가기 전에 쓰는 글들'로 바뀌어 있는 오늘. 시나 글이 다르긴 뭐가 달라 할 수 있겠지만 시와 글이 얼마나 다른지 아는 사람, 알아도 너무 잘 알아서 자주 슬프고 빈번히 절망했을 시인, 언니. '시'에 작대기를 찍 긋고 '글'이라 쓸 때 시인은 어떤 마음이었을까요. 그 마음을 안다고 하면 나는 넘치는 사람이 될 테고, 모른다고 하면 나는 모자라는 사람이 되고 말 터여서 제목이 적힌 그 페이지 한 장 출력해서 창가에 붙여놓고 오며 가며 그냥 보았습니다. 보고 또 보기만 할 뿐이었습니다.

8.

시로 갈 시와 글로 갈 글, 그 태생과 성장과 말년을 엿볼 수 있는 시작 메모들. 1부는 시인이 2011년부터 2018년까지 '글들'이라는 폴더 안에 근 칠 년간 써내려간 시작 메모를 시기별로 담아낸 기록입니다. 제각각의 폴더 이름 2011 작은 글, 2012 NOTE, 2013 글들, 2014 희망들, 2015 Schriften, 2016 SH, 2017 병상일기, 2018 가기 전에 쓰는 시들. 가급적 시인의 시작 메모에 편집 교정이라는 손을 크게 타지 않게 했습니다. 원고 말미에 괄호 열고 끝이라 쓰고 괄호 닫지 않았다면, 그러니까 시인이 〈끝〉 이렇듯 써두지 않았다면 나는 이 많은 페이지 사이에서 정말이지 아주 오랫동안 길을 잃었을 겁니다. '끝'이라는 한 글자의 안내이자 인내랄까요. 2부는 시인이 시집 『누구도 기억하지 않는 역에서』(문학과지성사, 2016년 9월 28일)를 출간한 이후 타계하기 전까지 각종 문예지에 발표한 시의 모음입니다. 3부는 시인이 제 시에 부친 작품론과 시론, 이 두 편으로 채웠습니다. 2부와 3부에 걸쳐 발표된 작품들의 수록 지면은 책의 마지막 챕터에 그 출처를 밝혀두었습니다. 그 밖에 연재를 하거나 발표를 한 다각도의 산문들은 유고 산문집 형태의 새 책으로 2020년 6월 9일 시인의 생일에 선보일 예정입니다.

9.

철이 나고 시를 쓰기 시작하면서
시를 쓰는 즐거움과 삼엄함 속에서 몇십 년을 살았습니다.

선생님, 선배님, 후배님,
다들 잘 아시겠지요, 그 시간이 뜻하는 것을.
우리 모두 그 시간을 겪었기에
우리는 서로의 동지입니다.

시를 쓰는 삼엄함 속에
지구 반 바퀴를 돌아 외국에서 살면서 공부하고 시를 썼
습니다.
즐거움 속에서 벗들을 만나고 시를 나누었지요.

다시 태어나도 시를 쓸 것인가?
이 모든 시간을 다 합하여 누군가 나에게 묻는다면
예!

하고 저는 답할 것입니다.

뜨거운 이육사 시인의 이름으로 이런 상을 받게 되어 영
광입니다.

뜨거이 받으며 저의 길을 가겠습니다.

그것이 영원한 이별의 길이라고 해도.

직접 참석하지 못해 죄송합니다.

모든 분들에게 감사드립니다.

10.

2018년 6월 28일 오후 일곱시 오십칠분에 글 한 편이 도
착했습니다. 시인이 수상하게 되었으나 시상식에는 참석
할 수 없어 내가 대신 전달하게 된 이육사문학상 수상 소감
이었습니다. 여러분과 이 글을 함께 나누고 싶다는 생각이
든 건 글 말미가 이쯤이다 싶어서일 텐데 이제나저제나 언
제나 우리는 우리에게 닥친 어떤 끝의 순간에 그 끝이라는
단어를 보무도 당당히 적을 수 있게 될지 모르겠습니다. 그
곳에서 부디 시인이여 '끝'에 작대기를 찍 긋고 '끈'이라고 쓴

노트를 우리에게 이불 홑청처럼 자주 펼쳐주기를…… 하여 매일같이 구름 일기 쓰게 된 거, 시인이 그랬듯 나 역시도 오늘 구름 속에 "구름 고양이 하나 코끼리 하나 호랑이 하나 잡아서 마음으로 데리고 들어"오는 재미를 붙이게 된 거, 덕분에 그래 가끔 하늘을 쳐다보게 된 거…… 저기 저 하늘 너머 어디에선가 언니, 잘 지내고 있는 거, 맞죠?

P.S.

   2019년 10월 3일 발간한 유고집『가기 전에 쓰는 글들』 이후 허수경 시인의 기일, 혹은 생일에 난다에서 펴낸 유고집은 다음과 같습니다.

   『오늘의 착각』, 허수경 유고 산문, 2020년 6월 9일.
   『사랑을 나는 너에게서 배웠는데』, 허수경이 사랑한 시, 2020년 10월 3일.
   『가로미와 늘메 이야기』, 허수경 장편동화, 2021년 10월 3일.

1
월
12
일

시

어느 때 여느 곳
기도하지 못하는 여자들 있어
──유머레스크

여자는 기도하지 않는다. 두 손을 모았다가 두 손이 묶
인 적 있었으므로 손, 이런 두 손으로 어떻게 서로가 서로
를 어루만진단 말인가. 팔짱과는 다른 낌과 새, 절로 벌어지
는 부리가 순리라 할 때 헹구려고 3천5백 원짜리 250밀리
리터 과산화수소를 적어도 네 통은 들고 만나야 하는 너무
좁은 간격의 연인들. 붓기 전에 자기를 말하려는 여자에게
앞서 자기 자지를 까 보이는 남자, 부었는가 하면 자기를 떠
나려는 여자에게 일단 자기 자지를 흔들어 보이는 남자. 좆
같지 거 좆나 좆같지도 않은 것이 좆나 좆같아서 여자는 정
육식당에 갈 적마다 스테인리스 고기 집게를 훔쳐온다. 소
설『주홍글자』속 Adultery의 A가 집게를 꼭 닮았다는 생
각입니다만…… 열여섯 겨울방학 숙제로 제출한 독후감의
마지막 한 줄, 그 줄에서 떨어지는 순간 줄광대의 두 다리

가 절로 벌어짐에 있어서의 각도. 갸도 어떻게든 살아남기 위한 수치가 염치라 할 때 옥상 한편에 세워둔 접이식 철제 사다리를 펴는 여유가 여자에게도 도래한다. 철제 사다리를 딛고 올라가니 하늘에는 별이 없고 내려오니 돌확에 고인 물속에 괴어 있는 별, 그 별 여남은 개 집게로 집으려 할 적에 별은 볼 일이 없고 뭉개져 볼 수가 없는 여자의 얼굴만이…… *그러니까 울지 마라 지워진다.* 슬픔은 분탕이려나 허탕이라는데 제가 제게 겨눈 총구로부터 여자는 언제쯤 표적임을 포기하려나. 실은 아무런 일도 일어나지 않았을지 몰라. 경찰놀이에서 수갑을 찬 범인이 주인공인지 수갑을 채운 경찰이 주인공인지 아직 새 대본은 쓰이지 않았으니까. 여직이 여자는 기도하지 않는다. 두 손을 모았다가 땀이 난 두 손에서 때가 밀린 적 있었으므로,

1
월
13
일

일기

그의 상가엘
다녀오지 못했습니다.*

　문학동네포에지로 복간 준비를 하고 있는 문인수 선생님
의 시집 『쉿!』를 교정지로 다시 읽는 밤. 이 시집에 실린 시
들을 내가 무척 좋아했던 참이라 이때의 시들로 2007년 선
생님이 미당문학상을 받으실 적에 그 축사의 무대에 나선
기억이 이날 입때껏 참도 또렷하다.

　"저는 올해로 서른둘입니다. 제 나이에 조앤 롤링은 해리
포터 1권을 출간했다고 합니다. 문인수 선생님은 올해로 예
순셋. 이탈리아 여인 로산나 델라 코르테가 인공수정으로
출산을 한 나이, 이를 두고 누군가 그랬습니다. 엽기에도 무
감각해지는 나이라고.
　그래서 선생님 시가 젊은가, 내 질투인가 하였습니다. 앞
으로 저보다 더한 엽기로 더 많은 시를 낳으셨으면 좋겠습

니다. 안 졸린 시, 안 가르치는 시, 그저 나가 놀아라 하는 시, 그래서 쉬! 제목처럼 오줌 마려운 시, 그래서 나로 하여금 방광 부풀어오르게 하는 시.

오늘도 제 방광은 안녕하지 못해서 떨림은 주체를 못합니다. 아무래도 화장실에 가야겠습니다. 누가 받아도 좋아라 큰 박수 칠 저였지만 45년생 닭띠 아빠랑 동갑이신, 저를 딸내미 하고 불러주시는 아부지 시인이셔서 더 센 박수였습니다."

후에 선생님 동시집 『염소똥은 똥그랗다』의 발문을 쓰게 된 어느 날 통화중에 이런 말도 내뱉은 나였다. "나는 선생님 시보다 동시가 훨씬 더 좋은 것 같아요." 아무리 천방지축 철모르는 늦둥이 고명딸이어도 필시 놀리기보다 말리기의 입방정 단속은 있어야 하건만, 무식하게 말의 울타리를 박차는 내게 선생님이 말의 빗장을 새로 잠그며 이리 말하시는 거였다. "딸내미가 그러하다면 그러한 거지. 그런데 눈을 딱 감고 보면 말이지 동시보다 좋은 시도 몇 편 있다, 야."

『쉬!』 교정지의 마지막 장을 덮고 나니 더더욱 선생님 생각이 난다. 보고 싶다는 건 귀에서 맴도는 목소리구나. 2006년 1월 선생님이 이 시집을 처음 낼 적에 부친 시인의 말을 또박또박 소리를 내어 읽어보는 밤이다. "'재미'라는 말 안에 인생 전부, 전반을 욱여넣고 말할 수 있다면, 그렇게 말해본다면 나는 아직 시쓰려는 궁리, 쓰는 노력보다 더 그럴듯한 일이 없는 것 같다. 이 한 욕심이 참 여러 사람 불편하게 하는 줄 안다. 그런데도 나는 계속 시를 쓴다. 가끔, 뻔뻔스럽다는 생각이 든다. 도대체, 끝장낼 수 없는 시여 '넘겨도 넘겨도 다음 페이지가 나오지 않는……'"

선생님은 2021년 6월 7일 세상을 떠나셨다. 못 가 뵈었다.

(2022년 1월 13일 목요일)

---

*그의 상가엘 다녀왔습니다. (문인수 시인의 「쉬」 첫 줄)

1
월
14
일

에세이

나 말고
내 수첩을 믿으세요

수첩手帖. 몸에 지니고 다니며 아무때나 간단한 기록을 하는 조그마한 공책. 누군가 출판사 대표로 최종의 내 꿈을 물었을 때 김현승 시인의 시「눈물」속 한 구절을 따 이렇게 답한 적이 있다. "'나의 가장 나중 지니인 것', 그것이 손때 꺼뭇꺼뭇한 수첩 한 권이었으면 좋겠어요. 하고많은 얘깃거리 중 쓸거리라 생각해 손수 거기 적기까지 했다면 필시 그 나름의 이유가 우리 안에는 있는 거잖아요. 모름지기 그러고 싶어지는, 두부 한 모를 쏙 빼닮은 흰 수첩을 나의 가장 나중 만드는 것으로 염두에 두고는 있어요."

왜 하필 두부인가 하면 삼 년 전부터 냉동실에 들어앉은 두부 두 판이 있어서다. 왜 하필 두부인가 하면 삼 년 전부터 침대에 드러누워버린 아빠의 수첩 속 마지막 쓰기가 '6월

24일 두부 두 판 7천 원'이라는 기록이어서다. 아빠 쓰러지고 내가 처음 한 일은 그 두부를 냉동실에 얼린 일, 아빠 쓰러지고 내가 다음으로 한 일은 아빠의 수첩을 내 가방 속에 넣은 일. 수첩 속 쓰기가 아니었다면 매주 트럭을 몰고 와 이인분에 6천 원짜리 추어탕을 파는 아저씨의 개시 손님으로 아빠가 낙점되어온 사실을 누군들 알았을까.

"그렇지 않아도 궁금했는데……" 코로나 종식 이후 만나게 되는 사람들과 입버릇처럼 나누게 되는 말이다. 밤낮없이 전화를 손에 쥐고 있음에도 또 아무리 막역한 사이더라도 '그냥'이라는 '사랑'으로 전화를 거는 일에 주저함이 커졌으니 말이다. 대신 그 이름이 떠오를 적마다 수첩 속에 바로바로 적어두기 시작했다. 필시 그 나름의 이유가 내게는 있는 것이니까.

가방을 바꿔 들 때마다 잊지 않고 아빠의 수첩을 옮겨 담는다. 그리고 간간 아빠 수첩에서 가나다순으로 적혀 있는 이름과 전화번호를 책처럼 읽는다. 김민정(○○○동 ○○○호) : 010-○○○○-○○○○ (큰딸. 무지 바쁨. 귀찮게 자꾸 전화 걸

지 말 것.) 수첩은 이미 다 알고 있었던 거다.

1

월

15

일

축시

작가 이슬아와 시인 이훤의 결혼 백 일째 되는 날.
백 일 전 나는 이 둘의 결혼식에서 이 시를 읽었다.

사랑

1.

하늘은 높습니다.
구름은 많습니다.
자연은 흐릅니다.
사람은 스칩니다.

화들짝 멈춥니다.
별안간 별입니다.
서로가 빛입니다.
완전히 눈멉니다.

둘이서 뒹굽니다.
침묵은 하납니다.

비밀이 커집니다.

사랑이 켜집니다.

2.

사랑.

절전을 미덕으로 여기지 않는

유일한 퓨즈라면 그야말로,

사랑.

불을 켤 때와 불을 끌 때를 아는

섬세하고 예민한 타이밍이라면

서로가 서로에게 평생

타이핑이 될 이,

사랑.

3.

사랑은 위대합니다.

사람은 변하니까요.

사랑은 어렵습니다.

사람은 고리니까요.

사랑은 참음입니다.
사람은 이기니까요.

사랑은 견딤입니다.
사람은 슬프니까요.

사랑은 애씀입니다.
사람은 잊으니까요.

사랑은 기도입니다.
사람은 아프니까요.

사랑은 거룩합니다.
사람은 홀로니까요.

4.

두 사람이 부부가 된다는 건

두 사람이 하나가 된다는 게
아닐 겁니다.
연애와 달리 결혼은,
두 사람이 두 사람으로
온전한 거리감을 유지한다는
거리두기의 신호탄 같을 겁니다.
오늘 여기 모인 우리는
그 탄환이 폭죽처럼 쏟아질 적의
잡내를 맡고 굉음을 들으러 온
최후의 증인들일 겁니다.

5.

둘이 사는 내내
사랑이
화의 불씨를 밟아주기를,

둘이 사는 내내
사랑이
양심의 불씨를 지켜주기를,

둘이 사는 내내
사랑이
감내의 편에 서주기를,

둘이 사는 내내
사랑이
불신의 혀를 잘라주기를,

둘이 사는 내내
사랑이
떠들썩한 치장이 되지 않기를,

둘이 사는 내내
사랑이
굳건한 의리가 되기를,

그리하여
둘이 사는 내내

사랑이

당신 둘에게만

늘, 자랑이기를.

에세이

1990년 1월 16일 화요일

삼십삼 년 전 오늘 나는 인천 대한서림에서

최승자 시인의 산문집 『한 게으른 시인의 이야기』를 샀다.

편집자 김민정의
즐거운 최승자 일기

1990년 1월 16일 화요일

막냇동생들 생일선물을 사러 동인천에 나왔다가 대한서림에 들러 책을 한 권 샀다. 최승자 산문집『한 게으른 시인의 이야기』. 초판 1쇄 발행일 1989년 12월 11일. 2천5백원. 책세상. 표지가 몸의 반은 희고 몸의 반은 검어 흰 돌 검은 돌 두 개의 바둑돌을 나란히 놓아둔 것처럼 생긴 책이었다. 시인 이름이 승자네. 시인은 제목에 '게으른'을 써도 창피하지 않은 직업인가보네. 1부를 펴니 「다시 젊음이라는 열차를」이라는 제목 아래 첫 줄부터 쎄했다. "이십대 중간쯤의 나이에 벌써 쓸쓸함을 안다"라니. '쓸쓸함'이라는 글자에서 순간 나는 수북하게 쌓인 비에 젖은 낙엽을 비질하는 11월의 빗자루를 보고야 말았다. 것도 두 자루의 빗자루를. 열넷, 막 중학교 이학년이 되었던 나는 시인을 흉내내듯 앞으로 내게 남은 삶이 고작해야 십 년이나 될까, 그렇다면 말이지 하며 멜랑콜리한 허무에 흠뻑 취하고 말았다. 이유는 빤했다. 사춘기였으니까.

1995년 9월 26일 화요일

　문학과지성사에서 나온 시집 『즐거운 일기』는 3천 원이었고 내가 산 그 책은 1994년 12월 15일 발행된 15쇄였는데 목차를 보다보니 「Y를 위하여」가 눈에 띄는 것이었다. 그 페이지가 64쪽이어서 그 시부터 찾았는데 65쪽에 "오 개새끼"가 먼저 읽혀버리는 것이었다. 그리고 그다음으로 내가 "못 잊어!"를 절로 발음하는 것이었다. 다르구나, 이건 필시 김소월과는 다른 못 잊음이구나. 그렇다면 이건 대체 어떤 다름일까. 서점에서 시집을 사고 나와 자판기 커피를 한 잔 뽑았는데 컵을 든 손이 살짝 떨리는 것이었다. 개새끼인데 못 잊겠다는 거, 이보다 더 투명하게 사랑의 의리를 맹세하는 말이 또 있을까. 나 이 시 하고 싶다, 나 이 시 갖고 싶다…… 최승자의 시는 그렇게 처음 내게로 왔다.

수업이 없어 맑은책집에서 오래 머물다 최승자 시인의 두번째 산문집을 골랐다. 『어떤 나무들은』이란 제목에 '아이오와 일기'란 부제가 바로 붙어 있는 책이었다. 1995년 4월 15일 제1판 1쇄. 6천 원. 세계사. 비싸긴 한데 페이지가 삼백 쪽에 이르는 두툼함이니 뭐, 그럴 만하다는 생각. 교수식당에서 삼계탕 두 번 먹을 돈이네 껌종이 흰 면에 써서 책갈피처럼 끼워뒀던 기억. "어떤 나무들은 바다의 소금기를 그리워하여 그 바다가 아무리 멀리 있어도 바다 쪽으로 구부러져 자라난다." 책 뒷면에 적혀 있던 이 구절을 내 습작 노트에 옮겨적던 밤, 나는 '나무'라는 한글을 난생처음 배우는 아이처럼 몇 번이고 나, 무, 나무, 그 나무나 따라 읽었다. 책 표지의 글자가 족히 40포인트는 되어 보이는 그 큼의 각인에 기인한 것만은 아니었다. 워낙에 일기라는 장르에 애정이 많기도 하였거니와 특유의 솔직함과 타고난 유머러스함이 내게 쓰고자 하는 산문의 방향성을 가리키고 또 가르치기에 충분했다. 어디에 위치해 있는지는 모르겠으나 그곳 아이오와, 나도 한번 꼭 가보고 싶다라는 꿈. 어떻게 될 수 있을지는 모르겠으나 그런 시인, 나도 한번 꼭 되어보고 싶다라는 꿈. 아이오와대학에서 주최하는 인터내셔널 라이팅 프로그램에 참가하게 된 시인의 일기인 만큼 시와 번역에 대한 이야기가 "밥 먹고 잤다" 할 정도로 빈번하게 등장하는데, 그때마다 알람 시계처럼 나를 깨운 건 모름지기 '주체'라는 '실체'였다. 나에게 내 시, 나에게 나만의 언어, 나에게 나를 위한 주제, 나에게 나로 사는 여성이 있고 또 있어야 한다는 자각. 정확해져야겠구나. 투명해져야겠구나. 당당해져야겠구나. 자만과 자신을 구분해야겠구나. 그로부터 나는 난생처음 '시'라는 한글을, '언어'라는 한글을, '주제'라는 한글을, '여성'이라는 한글을 배우는 아이처럼 몇 번이고 시, 언어, 주제, 여성을 발음하기에 바빴다.

2014년 6월 24일 목요일

"선생님 저는 시를 쓰는 김민정이라고 하는데요."

"아, 나 알아요. 잡지에서 시도 본 것 같아요. 그런데 무슨 일이죠?"

"선생님이 예전에 내신 두 권의 산문집 있잖아요. 제가 그 두 권을 너무 좋아해서 이사할 적마다 잃어버릴까 싶어 가장 먼저 챙기고 그랬거든요."

"그런데요?"

"그 두 권이 오랫동안 절판 상태여서요. 선생님이 허락해주신다면 재출간을 하고 싶어서요."

"글쎄, 그 책들이 그럴 만한 값어치가 있을까요."

"저는 너무나 좋아했어가지고요, 선생님."

"그게요 그대로는 아마 못 내고 내가 싹 다 뜯어고쳐야 할 거예요."

"아…… 그러시구나."

"나중에 내가 좀 말이 된다 싶을 적에 다시 연락을 할게요."

딸깍.

2019년 11월 27일 수요일

오전 일곱시 삼십분부터 054로 시작되는 번호의 전화가 끊임없이 걸려왔고, 나는 모르는 번호이기에 받지 아니하였고, 그러다 일곱시 사십오분쯤 불현듯 묘한 이상함이 있어 받기는 받아들었는데 전화기 너머로 "김민정씨 나 최승자데요" 하시는 말씀. "네?" "나 최승자라고요." "아, 선생님." 전화기를 들고 책상 의자에서 벌떡 일어나서는, 쌀뜨물같이 뿌옇던 유리창을 바라보다 말고는, 부엌으로 뛰어가 고장난 수전에서 뚝뚝 흐르는 물소리를 함께 듣고서는, 한참을 우두커니 부엌에 그냥 서 있는데 전화기 너머로 "그때 말한 내 책 두 권 있잖아요. 그거 김민정씨가 내주세요" 하시는 말씀. 전화를 끊고 나는 무얼 했나. 쓰다 만 시를 마저 이어나갔지.

다른 이상함은 있다*
―곡두 28

"개새끼 못 잊어"**라 하셨는데 나는
"못 잊어 개새끼"를 제목으로 올려 붙였다.

저녁참으로 만둣국을 끓여 먹고
개수통에 담아둔 놋대접 위로
수전에서 물이 뚝뚝 떨어지고 있었다.

며칠 그러했는데 그대로 놔둔 참이었다.
저 스스로는 도저히 소리를 못 내는

물방울

작금의 내 저간에서 들을 방도는

수전을 덜 잠그는 일 말고는 없어서

객기일지언정 그 헐거움의 미덕

써보면 알리라 가만히 지켜보던 참이었다.

책상 위 스탠드를 끄지 못한 채로

책상 아래 스탠스를 1도 두지 못한 채로

잠이 들어서는 두 다리가 저려서는 그래서는

김민정씨, 나 최승잔데요.

나 최승자라고요.

내가요, 책을 읽고 있었는데요⋯⋯

전화기를 들고 벌떡 깨어나서는

쌀뜨물같이 뿌옇던 유리창을 바라보고서는

―――――――――
* 졸시집 『너의 거기는 작고 나의 여기는 커서 우리들은 헤어지는 중입니다』, 문학
과지성사, 2019, 68-69쪽.
** 최승자 시집 『즐거운 日記』(문학과지성사, 1984) 속 「Y를 위하여」에서.

개수통 밖으로 넘쳐흐르던 개숫물

수전부터 왜 잠갔는지는 알 수가 없어서는

2019년 11월 29일 금요일

아침 일찍 난다 유성원 과장이 선생님이 머물고 계시는 경주로 향했다. 두 권의 책에 대한 계약서를 쓰기 위함이었다. 은행 업무를 보실 수 없고 또 보실 줄 모른다는 선생님의 부탁으로 각 권에 대한 계약금은 현금으로 챙겼다. 함께 따라나서지 못한 나는 유과장에게 오래도록 품고 다녔던 선생님의 산문집 두 권을 건넸다. 여기에 사인 좀 받아다주세요. 경주에 도착한 유과장은 다행히 선생님이 건강해 보이신다는 말부터 전해왔다. 그리고 부탁한 대로 책 면지에 선생님의 사인을 받아다주었다. 김민정 선생님, 고맙습니다. 최승자. 2019년 11월 29일.

2020년 8월 5일 수요일

『한 게으른 시인의 이야기』가 1976년부터 1989년까지 총 3부의 기록이라 이후 선생님이 발표한 산문을 다 뒤졌다. 1995년부터 2013년까지 원고지로 110장, 족히 한 부를 채울 만큼은 되었다. 이를 앞선 부에서 그랬듯 발표 연도에 따라 차례로 실어 4부라 명하기로 했다. 단 2010년『시작』가을호에 실린 선생님의 '지리산문학상 수상 소감' 원고는 수록 리스트에서 뺐다. 제목은 '아침 안개의 산 숲 그리고 그 너머 오전의 구름 섬들과 오후의 구름 궁전들'. "데뷔 삼십일 년 만의 뜻밖의 첫 상이라 고마웠다"라는 구절에 밑줄을 쫙 그은 나.

아침 안개의 산 숲 그리고 그 너머 오전의 구름 섬들과 오후의 구름 궁전들

나는 안강읍 산대리라는 곳의 14평짜리 아파트에서 산다. 산대리 전체가 아름다운 산들로 둘러싸인 아주 자그마한 곳이다.

운이 좋아서인지 아파트 거실에서 산이 보인다.

봄 여름 가을 겨울 시각은 다르지만, 이른 아침엔 산 숲에서 하얀 안개가 피어오르는 것을 보게 된다. 그리고 시간이 조금 더 지나면 오전에 구름 섬들, 오후엔 구름 궁전들이 떠

오른다. 물 같기도 하고 빛 같기도 한 하늘빛 위로 떠오르는 구름 섬들, 구름 궁전들을 가끔씩 바라보노라면 하루가 쉽게 지나간다.

그리하여 세월이 쉬이 지나간다.

그 속에서 책 읽고 밥 먹고 공상하며 산다. 어릴 적에 시골 고향 떠나 서울에서만 한 사십 년 산 사람에겐 참 이상한 시간 체험이다.

(거실에서 아침 안개의 산 숲
그리고 그 너머
오전의 구름 섬들, 오후의 구름 궁전들까지)

그리고 짧거나 긴 산책들

산책이라는 것은 산자락 아래 펼쳐진 작은 농촌 마을을 여기저기 기웃거리며 걷는 것이다. 그러나 내가 더 많이 바라보게 되는 것은 하늘의 blue, 논, 밭, 산야의 green이다. 한

참 걷다보면 몸과 정신에 생기가 돈다. 그럴 땐, 그런 생기란 어쩐지 논, 밭, 산야의 green보다는 하늘의 blue에서 더 많이 나오는 게 아닐까 하는 생각을 하곤 한다. 그렇게 회복기 환자의 길을 걸어가고 있다.

그런 시간 속에서 날아든 수상 소식, 데뷔 삼십일 년 만의 뜻밖의 첫 상이라 고마웠다.

뽑아주신 여러분들께 감사를 드린다.
최승자*

2021년 9월 8일 수요일

근 일 년 넘게 김이정 디자이너와 책을 두고 느슨한 소통을 이어나가는데 딱히 이거다 싶은 표지가 안 나왔다. 이정 디자이너가 아니라 내 집중의 문제였다. 에두르기를 멈추고 가로지르기에 나섰다. 이른바 정면승부! 시인이면서 『GQ』의 전 기자였던 이우성 시인에게 전화를 걸었다. "우

---

* 제5회 지리산문학상 수상 소감 전문.

성아 너 전에 최승자 선생님 인터뷰했을 때 실었던 사진 두 컷 있잖아. 그 사진들 아니면 선생님 책 아니겠다." "제가 인터뷰할 때도 굉장히 간절하게 정신을 이어나가시는 느낌이었어요. 저는 그날 뭐랄까 세상 바깥의 세상을 느낀 것 같아요. 다른 차원을 보고 계시니 현실이 너무 작으신가 싶은. 누나, 사진작가 이름은 안규림, 규림 실장님이세요." 안규림 실장으로부터 도착한 사진을 화면에 크게 띄워놓고 보고 또 보는데 아, 그거다! 사인으로 받아냈던 시인의 친필이 순간 눈앞에 떠오르는 거였다. 이정 디자이너에게 책을 건네주며 스캔을 해 한번 얹어보라 했다. 이정 디자이너는 말했다. "선생님 이 사진이랑 선생님 이 친필이면 책 다 끝난 것 같은데요."

2021년 10월 22일 금요일

　선생님은 포항에 있는 정신건강의학과 전문병원에 입원해 계셨다. 한번 봐주십사 하고 보내드린 교정지도 두 권 다 잃어버리셨다 했다. 새로 교정을 봐 다시 드리겠다고 하니 지금은 글을 읽을 수도 글을 쓸 수도 없는 상태이니 편집부에서 알아서 하라 하셨다. 개정판 작가의 말도 지금은 쓰기가 어렵다, 건강이 나아지면 쓰려고 하는데 몇 개월은 더 걸리겠다, 시집 『연인들』 개정판은 복간하겠다…… 진즉에 더 서두를 것을, 그사이 흘려보낸 감감이 시간이란 것이었겠다. 시간은 있는 것이라 누가 말했던가. 봐라, 시간은 없는 것이다. 없기에 나는 힘을 주어 똥을 쌀 때나 시간을 손에 쥘 줄 아는 것이다. 똥, 아 그래, 똥. 똥을 누긴 다 눴는데 밑을 안 닦은 이 기분. 휴지가 없는 것도 아닌데 휴지를 쓸 수도 안 쓸 수도 없는 이 기분. 그렇다고 가랑이 사이에 걸쳐져 있는 팬티를 추키지도 벗어버리지도 못하는 이 기분. 아 이걸 어쩌지.

2021년 11월 11일 목요일

선생님이 계신 병원으로 전화를 걸었다. 더는 한 글자도 읽을 수 없고 더는 한 글자도 쓸 수 없다 하셨지만 마무리되어가는 선생님의 책에 뭔가 선생님의 한 붓이 한 점으로라도 스미긴 해야 할 것만 같다는 발동, 제대로 걸렸기에 걸었다. 짧은 안부 끝에 혹시 독자 여러분들에게 한말씀해주시면 안 되겠냐고 떼가 섞인 즉흥 요청을 드리고야 말았다. 그때였다. 선생님이 마치 간밤 정성스레 준비한 원고를 읽기

라도 하듯 섞박지용 순무 써는 듯한 큼지막한 발음으로 수
화기 너머 또박또박 시인의 말을 불러주시는 것이었다.

"오래 묵혀두었던"

"아, 선생님 잠깐만요, 저 볼펜 좀. 아, 녹음 버튼도 누를
게요. 계속해주세요."

(……)

"웃을 일인가."

"선생님 지금 웃을 일인가, 라고 하신 거 맞죠?"

"그게 그러니까 웃을 일이겠냐고요."

"아뇨, 네, 아니죠."

"그만 쓰자 끝 마침표. 끝 다음에 마침표요."

선생님이 시키신 대로 나는 끝 다음에 마침표 하나 크고
굵게 찍어두는 걸 잊지 않았다.

오래 묵혀두었던 산문집을 출판하게 되었다.

오랜 세월이 지난 것 같다.

지나간 시간을 생각하자니

웃음이 쿡 난다.

웃을 일인가.

그만 쓰자

끝. *

2021년 11월 15일 월요일

"접때 불러줬잖아요."

"선생님 지난번은 첫 산문집이었고요, 오늘은 두번째 산문집이요."

"맞다, 책이 두 권이지. 아이오와가 책세상이었던가요?"

"아니요, 아이오와는 세계사요."

"아 맞다 세계사. 그럼 나 지금 불러볼게요."

"네, 선생님 저 이미 녹음 시작하고 있었어요."

"청춘이 지난 지…… 근데 내가 접때 말 다 하지 않았나요. 나 동어반복은 딱 질색인데. 아 문장이 꼬이네. 내가 좀 전에 뭐라고 했지요? 다시 말해볼게요. (……) 아이오와는 좋아했었다."

청춘이 지난 지 하많은 세월이 흘렀다.

---

* 『한 게으른 시인의 이야기』 개정판 시인의 말 전문.

문득 소식이 와서 묻혀 있던 책이

지금 살아나고 있다.

그것을 나는 지금 가만히

바라보고 있을 뿐이다.

그것으로 끝이다.

아이오와는

좋아했었다. *

2021년 12월 13일 월요일

"선생님 12월 1일에 초판 2천 부 서점에 내보냈는데요, 2일에 2쇄 2천 부, 6일에 3쇄 2천 부, 오늘 4쇄 5천 부 추가로 찍었어요. 아마 5쇄 6쇄도 곧 중쇄 들어갈 것 같아요. 저 너무 기뻐요. 신나요."

"흐흐흐, 잘 팔려요? 책 표지가 멋있게 나왔어요. 담배 피우는 거, 나 그 사진 좋아하는데. 책이 마음에 들었어요."

"인세는 어떻게 할까요?"

"예, 좀 맡아주세요. 내가 여깄으니까."

---

* 『어떤 나무들은』 개정판 시인의 말 전문.

"반응을 보니까요, 선생님 보고 싶다 하는 독자들이 참 많은 거예요."

"예, 저도 보고 싶습니다, 여기 병원에서…… 흐흐흐. 예, 잘 알았습니다."

2022년 1월 13일 목요일

"선생님, 병원으로 책을 좀 보내드릴까요? 혹시 읽고 싶은 책 있으세요?"

"아니 됐어요. 책을 보기가 나는 이제 아주 어려워요."

"혹시 드시고 싶은 음식 있으세요? 제가 맛있는 떡집을 좀 알아서요."

"먹을 거 주지 마세요. 먹을 거 잘 안 먹으니까 괜히 아깝기만 해요."

"선생님 시집 『연인들』이요, 1월 말 출간으로 지금 한창 편집하고 있는데요, 이 책도 개정판 시인의 말이 들어가야 해서요."

"뭐라고요? 『연인들』이 절판된 상태였다고요?"

"네 선생님 지난번에 복간 얘기 선생님과 나눴었는데요."

"그랬네요. 아, 기억났어요. 그게 문학동네에서 나왔던 시집이지요?"

"네. 1999년 1월에요. 2022년 1월 재출간이니 딱 이십삼
년 만이네요."

"그럼 내가 뭘 하면 되는 거라고요?"

"개정판 시인의 말이요 선생님. 시간이 필요하시다 하면
제가 내일 다시 전화를 드릴게요."

"분량이 어느 만큼이라고요? 1매? 2매? 정해져 있나요?"

"아니요. 자유롭게 해주시면 되어요, 선생님."

절판되었던 시집을 다시 펴본다.

절단되었던 다리가 새로 생겨나오는 것 같다.

무지막지한 고통 속을 달려왔던 시간,

무지막지한 고통 속을 헤매었던 시간,

그 순간들이 점철되어 있는 이 시들이

어떻게 이렇게도 숨겨져 있을 수 있는지

가히 참, 아름답다. *

---

* 『연인들』 개정판 시인의 말 전문.

"『연인들』 잘 나왔고, 반응도 좋아요 선생님."

"그래요?"

"건강은 어떠세요?"

"건강이 좋지를 않아요. 요즘 그래요. 식사는 잘하고 있어요. 하루 밥 세 끼 먹고 커피 마시고 자고 그게 일이지요."

"독자들이 선생님을 참 많이 보고 싶어하네요."

"퇴원 예정은 없습니다."

"개정판 시집을 냈더니 신작 시집은 안 나오냐며 물어오기도 해요."

"시를 쓰지를 않았어요. 마지막 시집 내고 줄곧 시를 못 썼어요. 도저히 시를 쓸 수가 없었고요. 쓴다면…… 한참 시일이 걸리겠지요."

"선생님의 독자분들에게……"

"그런데 있잖아요, 정말 궁금해서 그러는데요, 정말 내 독자가 있나요? 있어서 독자라고 하는 건가요? 나는 도통 그게 믿기지가 않거든요."

"아휴 선생님 무슨 말씀이세요. 얼마나 많은데요."

"그렇다면 독자님들이 염려해주시는 대로 큰 보답을 못

해드려서 죄송하고요. 지금은 병과 싸우느라 다른 걸 크게 생각할 여지가 없어요. 그러니까 독자님들도 제가 병과 싸우느라 저러나보다 알아주세요."

"지금 혹시 가장 하고 싶으신 일이 뭔지 여쭤봐도 될까요."

"(목소리가 커지고 말이 빨라지면서) 대중목욕탕! 대중목욕탕이요. 여기서는 샤워만 하니까요. 저기, 김민정씨는 대중목욕탕 다니죠? 그거는 참 부럽네요."

2023년 11월 26일 일요일

오전 열한시. 포항 죽도성당에서 최승자 시인의 영세식이 있었다. 최승자 아녜스. 승자 최의 본명. 미사 가운데 주임신부님 말씀이 화살처럼 꽂혀 그 즉시 잊지 않으려고 메모장에 옮겼다. "살아가는 것이 꼭 해내야만 하는 숙제입니다." 후에 보니 그게 아니었다. 유성원 과장이 촬영한 영상 속 문구는 다음과 같았다. "사랑하는 것이 꼭 해내야만 하는 숙제입니다." 살아가는 것과 사랑하는 것. 무엇이 다르고 무엇이 같을까. 이 화두가 평생 내 숙제임을 안고 파주로 돌아왔다.

(『PAPER』 2022년 봄호에 보충)

1

월

17

일

에세이

능으로 가는 길

어떤 사람 '덕분'에 홀로 경주에 간 적이 있고 어떤 사람 '때문'에 홀로 경주에 간 적이 있다. 그렇게 홀로 경주를 다닌 것이 한 이십여 년 되는데, 이는 사랑하는 사람이 경주에 살아서도 아니고 미워하는 사람이 경주에 살아서도 아니고 내가 모르는 사람만이 경주에 살아서인 듯싶다. 연연할 인연 없음의 하얀 맛은 얼마나 건강한가. 터미널 근처 기사식당에서 막 데쳐 나온 두부 한 접시와 막걸리 한잔을 앞에 두고 쉬이 입에 대지 못할 적에 나의 설렘은 비단 허기에서 비롯된 들뜸만은 아니었을 것이다.

능. 임금과 왕후의 무덤이니 나와 직접적으로 무슨 상관이겠냐만 그럼에도 사람이 어렵다 싶을 때 사람으로 서럽다 싶을 때 다짜고짜 경주 숙소부터 예약해온 건 거기 능이 있어서였다. 기쁨으로 충만할 때 능은 왜 유독 짙은 풀색으로 머리털을 곤두세울까. 슬픔으로 양일할 때 능은 왜 유독 처진 눈꼬리로 저물녘의 주저앉는 해를 닮아버릴까. 능을 보러 가기 위함이었다고는 하나 더 정확히는 능을 보는 나를 보기 위해서였을 것이다. 나는 나인데 왜 나는 나의 나를 보러 굳이 그 거울을 찾겠다고 지금껏 능타령을 해온 걸까.

능에 가 하는 일이라곤 지칠 때까지 그 둘레를 빙빙 도는 일이라지만 이상하지, 뛰는 일은 어울리지 않으니 오래 걷고 난 뒤 주먹이라도 펴볼라치면 무언가 빠져나간 듯한 흔적이 손바닥 위 옅은 축축함으로 칠해져 있곤 했으니 말이다. 가만, 나는 하루에 몇 번이나 손을 씻을까? 가만, 당신들은 내게 왜 유독 핸드크림을 자주 건넬까?

내가 사는 파주에는 인조와 인열왕후의 무덤인 장릉이 있고, 정난정과 윤원형의 무덤도 있다. 어느 지역을 가든 길 안내를 하는 푯말 가운데 능이나 무덤 이름이 있으면 반드시 검색해서 메모해두는 습관이 어느 날부터 내게 생겼다. 죽기 위해 태어나느라 애썼어. 생일카드와 함께 최승자 시

인의 시집 『내 무덤 푸르고』를 선물했는데 후배 마음에 들
지는 모르겠다.

1
월
18
일

시

어느 때 어느 곳 용띠인 여자들 있어
—음악

나는 오전 내내 닭을 봐.
남편이 앞마당에 풀어 키우거든.

호주 퍼스에 사는 동갑내기 시인은
홍콩에서 태어났고
영국인 남자와 결혼했으며
아들이 학교에서 막 돌아왔다며
그의 얼굴을 줌 화면에 클로즈업했다.

나는 아침에 파주에서 장미를 봐.
지려고 부리는 피기의 앞다툼.
붙잡을 게 거기 있다 싶어서.

나에게 닭도 너의 장미 같은 거야.

나는 비건인데 너도 비건이겠지?

앉은자리에서 닭 한 마리는 기본 먹지.

너는 한국의 치맥이라고 들어는 봤니?

나는 BTS는 알아. 나도 A.R.M.Y거든.

나에게 호주는 Air Supply의 나라야.

그들 데뷔가 우리 태어난 1976년인 거

혹시 알고 있었니?

〈Here I Am〉이라는 노래를 알긴 알아.

보니까 우리 대화가 음악으로는 흐르는구나.

흐른다는 건 어디까지나

토막낸 생태 집어 흐르는 물에 살살 헹굴 때의 소리.

음악이라는 건 어디까지나

토막난 생태 없은 스텐 채망 밖으로 물 빠지는 소리.

나는 세로형 같고 너는 가로형 같구나.

(통역해주시는 선생님이 잠시만요,

이 구절을 천천히 한번 더 발음해달라고 하셨다.)

삶을 말하는 거니, 시를 이야기하는 거니?

아무렴 그렇지 그렇고 말고, 라는 후렴구가 있어.

(통역해주시는 선생님이 잠시만요,

이 구절을 이해할 수 없어 통역이 어렵다고 하셨다.)

나는 김옥심의 〈한오백년〉을 틀고

그의 앨범을 줌 화면에 클로즈업했다.

너는 퍼스에 와본 적이 있니?

너는 파주에 와본 적이 있니?

1
월
19
일

시

어느 때 여느 곳 실언일 수 있는 시론들 있어
——줄자

　인천에서 춘천 가는 버스 안에서 남자가 여자에게 쉴새
없이 씨불이는 거지. 옆에 앉은 여자를 보느라 제가 저에게
안 보임에 지금 창밖으로 뭐가 보이더냐는 거지. 그랜드 오
스티엄 웨딩홀. 자자 그런 거 말고. 박태환수영장. 아니 그
런 거 말고. 꿈을 심는 꽃 정원. 허허 그런 거 말고. 사람들
이 하나둘 버스에 오르고 있는데 남자가 여자에게 이 울렁
거림이 안 보이냐는 거지. 여자가 이 울렁거림은 느끼는 것
이 아니냐 하니 남자가 이 느낌을 보아야 시를 쓴다는 거지.
버스 기사가 차 문을 막 닫은 직후인데 남자가 여자에게 이
덜컹거림이 안 보이냐는 거지. 여자가 이 덜컹거림은 느끼
는 것이 아니냐 하니 남자가 이 느낌을 보아야 시를 쓴다는
거지. 버스가 출발한 지 채 십 분도 되지 않았는데 남자가
여자에게 이 흔들림이 안 보이냐는 거지. 여자가 이 흔들림

은 느끼는 것이 아니냐 하니 남자가 이 느낌을 보아야 시를 쓴다는 거지. 그러니까 이 느낌이란 걸 어떻게 볼 수 있냐니까 남자가 양복 안주머니에서 줄자를 꺼내는 거지. (와, 양복주머니에서 줄자가 나올 줄이야!)

남자가 양복 안주머니에서 꺼낸 줄자의 줄을 여자더러 당겨보라는 거지. 남자가 당긴 만큼의 수치가 당신이 내게 쏟아지는 무게라고 여자에게 말하는 거지. 여자가 무게를 어떻게 줄자로 잴 수 있느냐 하니 남자가 안 보이는 무게를 재는 것이 시라는 거지. 재긴 쟀다는 여자가 그 수치를 어떻게 말해야 할지 모르겠다 하니 남자가 그게 사랑이라는 거지. 내가 내 입으로 사랑이라는 단어를 이렇게 직접적으로다가 끄집어내고 말았으니 이것은 시가 될 수 없고 이것은 긴장감을 잃었으니 솔직히 여자에 대한 수줍은 고백이라는 거지. (와, 결국 꼬시는 이야기일 줄이야!)

이게 여자가 겪은 일이든 여자가 여자에게 들은 얘기든 그게 뭐 중요할까마는 그날 이후 여자는 그 줄자란 걸 속속들이 모으게 되었으니 일단 뭐든지 재고 들어가는 취미는 날로 신중함을 일깨워주었기에 하루는 얼굴 들이대며 집적대는 남자에게 코털을 잴까 거시기를 잴까 일단 재보고 사이즈는 되는지 한번 가늠이나 할까 핸드백에서 줄자를 꺼내니 그길로 이 미친년을 봤나, 남자가 절로 줄행랑을 쳤더라는 거지.

1
월
20
일

시

어느 때 여느 곳 떠도는 여자들 있어
—죄책감

내가 좋아하는 것에 나는 차례를 매기지 않는다

내가 아는 수를 세는데 나는 너무나 멀리 와 있다

나를 미워하는 건 허물이 아니어도

너를 잊는 건 죄일 수 있어

나는 말하려는데

말하는 것은 무엇인가를 보여주려는 아련한 욕구이다

자크 루보의 이 말을 나는 어느 책에서 베껴뒀던 걸까

불어도 모르면서 허영에 겨워서는

저항에 저항하는 순응의 저녁이다

길항에 길항하는 순항의 밤이다

나는 말하지 않는 것이 얼마간 된다

나는 깊이는 없고 나는 넓이가 있다

거칠게 떨며 숲을 헤매기에는 알맞은 덩치다

돼지 아니고 대지다

좌시 아니고 과시다

길을 잃었으니 두려움으로

나는 불려다니는데

창 너머로 들여다본 거실에는 불이 환하고

벽면을 가득 채운 텔레비전 속 춤을 추는 가수들

너는 그네들을 보며 앞으로만 있고

나는 그네들을 보는 네 옆으로만 있다

앞으로만 있는 너의 귀

단발의 머리칼을 재차 귀에 거는 너의 습관

어느 나라의 노래일까?

옆으로만 있는 나의 귀

있어도 내게는 안 들리는 노래

저기 있는 너

전에 없이 춤을 따라 추지 않는 너

내게서 사라진 네가

거기 있는 너

발꿈치를 살짝 들고서

창에 얼굴을 붙이고서

나는 긁는데

철물점에서 훔쳐온 대못 하나가 말하길

차라리 망칠 데려다 때려 부수질 그래

졸라 비겁한 년

너 같은 년이 가장 악질이지

나는 알겠는데

깨는 게 용기일까

깨진 건 관계일까

자장이냐 자장가냐

네 하늘에선 별도 참 어여삐 반짝여라

보여주기식 일기 같은 내 빤한 치장

없는 별도 있는 별이라 창에 쓸 적에

머리 위로 떨어진 별이 하나 있고 그거

이제 막 빨기 시작한 불붙은 담배라

지져질 만큼 어디 한번 지져져봐라

나는 내비둬봤는데

정수리에 여문 딱지 끝끝내 못 떼고

머리칼 끝에 붙은 비듬 하나 집는 그거

슬픔 아니고 척이라서

오늘도 나는 숲에 가 또 떠든다

떠돈다고

1

월

21

일

에세이

바퀴는 붉다
아니 달콤하다

내게는 운전면허증이 없다. 세상에는 바퀴를 보면 굴리
고 싶다는 생각을 우선으로 하는 사람이 있는가 하면 세상
에는 바퀴를 보면 멈추게 하고 싶다는 생각을 처음으로 하
는 사람이 또한 있는 걸 테니까.

볕이 무섭게 내리쬐던 어느 여름, 어디선가 맹렬한 속도
로 돌진해 들어오던 바퀴가 있었고 일순 비닐봉지 하나가
허공으로 높이 솟구치더니 이내 사방으로 후드득 사정없이
튀던 흰 쌀알들. 친구가 그리워 눈을 감을 때마다 끝도 없이
펼쳐지던 핏빛, 아니 시뻘건 볏의 맨드라미들. 검붉다, 라고
쓰고 슬프다, 하고 지우기를 나는 얼마나 반복해왔던가.

삼 년 전 아빠가 쓰러졌다. 중증뇌경색이었다. 응급실에

실려간 그날부터 온갖 병원 전전하다 집에 누워 지내게 된 오늘까지 아빠는 네모난 침대 네 귀퉁이에 박혀 있는 네 개의 은빛 바퀴에 몸이 들려 산다.

어느 새벽 아빠의 기저귀를 갈다 휘청하고 주저앉았을 때 어둠 속 반짝이는 이를 드러낸 바퀴와 눈이 마주쳤을 때 테 모양의 둥근 바퀴라 하는 이것을 처음으로 만든 이는 가히 천재구나 감탄을 한 적이 있다. 그날 이후 나는 사람이든 사물이든 내가 못하는 일을 잘하는 존재라 할 적에 이를 무조건 천재라 이름하게 되었는데, 그렇게 내게도 꿈이 하나 생겨버렸다. 가히 휠체어 밀기의 천재랄까!

크고 정직한 바퀴 두 개 미는 일에 무슨 요령이 필요할까 만만히 보다 실은 된통 업어치기를 당했다. 턱을 만날 때 코너를 돌 때 어쩌면 가장 기본이다 할 직진과 후진을 할 때 중요한 건 내가 아니라 앉아 있는 이의 느낌이라는 사실을 뒤늦게 깨달았던 거다.

"우왁스럽게 힘으로 밀어붙이지 말고 밀려거든, 스무드

하게!" 아빠의 말이 떨어지기가 무섭게 휠체어를 멈춰 세운 채로 단어를 검색했다. 모나지 않고 부드러우면서 침착하게! "아빠 이거 내게 미리 하는 유언이야?" "그렇담 그 통침도 좋지." 재빠르게 나는 그 구절을 SNS 프로필에 옮겨적었다. SNS는 기억력의 천재니까.

1
월
22
일

시

어느 때 여느 곳 쓰러지는 의자들 있어
─라임

당신이 쓰러졌기에 나는 일어서졌다. '섰다'가 아니라 '서
졌다'인 데는 분명 여러 이유가 있겠지만 일단은 라임인 것
이다. 라임, 그건 빌어먹을 운이거나 끝장까지 피어버리는
꽃의 무릎뼈. 일단은 둥근 것이다. 청이 든 유리병의 뚜껑
을 열어 설탕에 절여져 있는 라임을 밥숟갈로 크게 한술 뜨
다 말고 당신이 쓰러졌기에 나는 일어서졌다. 모로 눕혀져
생긴 당신만의 방향. 올려다본 벽 위로 비뚜름히 걸려 있
던 박제된 푸른바다거북. 누가 쟤를 여기에 못질한 거니, 개
야. 인도네시아에서 도착한 그날 당신이 박았고 일요일마
다 당신은 쟤를 끄집어내려 연주자가 앨범 재킷 사진을 찍
을 때 그 오브제의 바이올린이듯 품에 꼭 안았는데 쟤 몸 구
석구석을 가구용 광택제로 닦을 때의 표정에서 신선한 땀
냄새가 나곤 했다. '시큼'이 아니라 '신선'인 데는 분명 여러

이유가 있겠지만 쟤는 여전히 뜬눈인 것이다. 뜬눈, 그건 죽어서도 죽을 수가 없는 플라스틱 내장이거나 그건 살아서도 살 수가 없는 반질반질한 등껍질의 미지근한 온도. 여전히 집왕거미인 것이다. 올려다본 벽 위에 수처럼 놓여 있던 쓰디쓴 털투성이. 몰은 알겠는데 생은 알 수가 없는 검푸른 그림자를 물티슈로 지우다 채 다 못 지운 채 당신이 쓰러졌기에 나는 일어서졌다. 예수 흉내에 귀의한 것도 아니면서 사십여 년을 매달려 사는 기분에 대해 어린이인 내가 물었을 때 어른인 당신은 답해주지도 못했으면서 지금은 차갑게 식어가거나 하는 것이다. 고장난 토스터를 자빠뜨리면서까지 부리나케 현관을 향해 뛰어가는 너는 문밖의 무슨 소리를 들은 거니, 개야. 네 헐떡임과 네 짖음으로 슬그머니 열리는 문이 있다 할 적에 살짝 덜 굳은 당신은 그 틈을 지향하게 될까 그 거리를 지양하고 말까. 스스로가 스스로를 내동댕이친 걸 '의지'라고 단정하기에 그 어떤 단서는 없다. 다만 '사지'가 이에 어울리는 상황이라는 나름의 가늠은 좀 있다.

인터뷰

—

고아성

오늘은 내내 아빠의 일기장을 정리했다. 2020년 6월부터 2023년 1월 어제까지 아빠의 일기장이 도합 쉰아홉 권이었다. 스케치북도 몇 있어 그걸 넘기는데 휘갈겨 쓴 내 글씨가 불쑥 튀어나왔다.

"마라톤 선수이자 준의료인이며 제2의 집을 지키고 계신 당신을 응원합니다. 2021 고아성 올림." 그해 여름 엄마를 보내드린 아성이가 암 환자 가족을 위한 '숨 고르기 간병지원사업'에 기부를 했다는 소식. 자정 넘어 병실에서 속삭이듯 통화를 하며 받아적은 메모 끝에 "언니 나는 다 알아요. 무조건 사랑해요"라는 말.

전화를 끊고 화장실에 가 나는 아주 조금 울었다. 그후로 나는 아빠 일로 운일이 단 한 번도 없다. 그후로 나는 아빠 일로 웃는 일이 매순간이다. 다 안다고 하니, 무조건이라니, 사랑이라니 '고아성의 말'은 이렇게나 힘이 세다.

저는요,
뭔가를 항상 좋아하는 힘으로
사는 것 같아요

intro

  눈으로 말하는 힘이 다분한 그였다. 특히나 책 얘기를 할
때는 더더욱 커지는 동공의 그였다. 가방 속에서 그녀가 꺼
낸 건 달랑 한 권의 책이었는데 두어 시간 얘기를 마친 뒤
나 홀로 카페에 남겨졌을 때 내 마음속 책장에 다시 꽂아야
할 책이 족히 수십 권은 되는 듯했다. 참 그렇다. 어디 자석
같은 걸 몸에 감춘 것도 아닌데 책은 책끼리 두면 참 잘도
붙는다. 새삼 그걸 깨닫게 해준 그였다. 대화 끝에 종종 그
는 "반가워요!"라는 추임새를 넣었는데 그에게 이 말은 "너
무 좋아요!"라는 뜻이란다.

  심리학과에 재학중이라고 들었어요. 학과 선택에 어떤 특별
한 계기라도 있었나요?

고아성 | 워낙에 가고 싶었어요. 중학교 때부터 선배님들이 넌 어차피 어렸을 때부터 연기한 사람이니까 인문학을 공부하면 어떻겠냐, 사람을 공부하는 학문이면 어떻겠냐, 그런 말씀을 많이 해주셨는데 되게 만족하고 있어요, 제 선택을요.

이름이 '아성'이란 말이죠. 특히 '고'라는 성씨하고 붙었을 때 그 품새가 커지는 이름 같단 말이죠.

고아성 | 제가 '우리별 1호'가 뜨기 전날인가 태어났어요. '나 我'에 '별 성星' 자를 쓰는데 아빠가 지어주셨어요. 그 며칠 전인가에 황영조 선수가 바르셀로나 올림픽 마라톤에서 금메달을 땄는데요, 아빠가 거기에 너무 감동을 받아서 그와 관련한 이름을 고심했었다는데 고영조가 될 뻔했으려나요, 아무튼 다행히 별로 갔네요. (웃음)

궁금한 걸 몇 자 적어오긴 했는데 안 펴고 하려고요. 어쩌면 이렇게 웃음에 구김이 없을까요.

고아성 | 정말요? 저는 되게 긴장하면서 왔거든요. 잠깐 제가 메모한 것 좀 꺼내도 될까요? (가방에서 부스럭부스럭)

제가 책을 너무 좋아해서요, 정말 좋아해서요, 책 애기를 하다보면 제 애기를 너무 많이 할까봐서요, 끝도 없이 풀어질 것 같아서요, 그것만 걱정하면서 왔어요.

아무렴 어때요. 그런데 웃긴 애기긴 한데, 좋아하는 사람을 참 좋아하죠? 특히나 유머가 있는 사람에게는 무조건 지는 스타일 같아요.

고아성 | 어머! 어쩜! 저는 유머러스한 사람을 최고의 이상형으로 꼽아요. 왜냐면 유머를 가진 사람은 내면에 여유가 있다 싶거든요. 인생에서의 어떤 힘든 변곡점들을 마주한다 할 때 웃음으로 승화할 수 있다는 건 현명하다는 증거 같기도 하거든요. 그래서 우리끼리 그런 애기도 해요. 웃긴 사람들이 연기도 잘한다, 라고요. 정말 너무 반가워요!

반갑다니, 동의를 표하는 말의 추임새가 참 예쁘기도 하네요(웃음). 배우 생활이 그러고 보면 꽤 된 거지요?

고아성 | 네 살 때 그때 제가 부산에 살았는데요, 엄마랑 길을 가다가 우연히 "너 모델 해볼래?" 하는 애기를 들었는데요, 엄마가 "해볼래?" 하기에 뭔지도 모르고 응, 그랬던 것

같아요. 그러고는 모델과 연기자의 구분 없이 몇 개 작품을 하다가 만난 게 〈괴물〉이었어요. 그때가 열네 살이요. 지금 생각해보면 모자란 부분도 많고 시행착오도 두루 있었지만 뭔가 제가 주체가 되어 능동적으로 판단을 했던 첫 기억 같기도 해요. 이거 보통 일이 아니구나, 정말 잘하지 않으면 안 되겠구나, 스스로의 결심이 컸던 처음 같아요.

〈괴물〉의 시나리오를 처음 읽고 났을 때 말이에요.

고아성 | 일단 되게 슬프다는 생각이 들었어요. 제가 중학교 때 국어 시간을 엄청 아꼈거든요. 문학 선생님이 정말 재밌게 수업을 해주는 좋은 분이셨어요. 다른 친구들은 어떨지 모르겠는데 저는 왜 은유 찾고 비유 골라내고 하는 식의 한국적 교육 방식에 큰 도움을 받았거든요. 그게 아니었다면 전 책 읽는 방법을 끝끝내 몰랐을 거예요. 아무튼 그때 수업 시간에 윤흥길의 「장마」를 읽었는데 너무 슬픈 거예요. 소설이 이렇게까지 먹먹하고 슬플 수가 있구나, 하는 상태에서 〈괴물〉 시나리오를 받았던 건데 그때 처음 문학이라는, 텍스트라는 활자가 주는 슬픔을 격하게 인지했던 것 같아요.

「소나기」도 아닌 「장마」라니!

고아성 | 김만중의 『구운몽』도 기억나요. 그게 정말 허망한 얘기잖아요. 선생님이 노골적으로 말씀을 해주신 건 아니었지만 여기서 너희가 다 같이 앉아서 공부를 하는 게 한낱 꿈일 수도 있지 않겠냐, 그런 뉘앙스를 풍기셨을 때 혼자였다면 외로웠을 텐데 반 친구들과 같은 지점에서 한숨을 쉬는 그 타이밍에서 묘한 동질감이 느껴지더라고요. 그때 처음 사람의 '함께'라는 걸 인지했던 것도 같고요.

공감하는 감수성이 퍽 예민하다 싶어요.

고아성 | 유일하게 말할 수 있는 제 장점이 공감의 능력 같기는 해요.

그렇게 온몸으로 흡수해서 읽은 첫 책, 기억이 날까요?

고아성 | 제가 아홉 살 때 제목에 이끌려서 『아홉살 인생』을 처음 봤거든요. 얼마나 좋아했냐면 그 책의 저자인 위기철 선생님에게 편지도 쓰고 그랬어요. 왜 수업 시간에 가장 존경하는 사람에게 편지 쓰기, 그런 것도 하잖아요. 답장은 안 왔지만…… 읽은 지가 거의 이십 년이 다 되어가는데도

정말 가슴 깊이 남아 있는 것 같아요. "누구나 순간순간이 자기만의 인생이듯이 인생은 결코 혼자 걸어가야 할 외로운 길이 아님을, 나는 아홉 살 그때 배웠다." 특히 이 말이요. 맞아요. 저는요 뭔가를 항상 좋아하는 힘으로 사는 것 같아요. 내가 뭔가를 좋아하고 뭔가에 빠져 있고 뭔가에 열광하는 그런 마음으로 호들갑을 떨 때 가장 행복한 것 같아요.

아성씨에게는 특히 '책'이 그런 좋음의 한 예라는 걸 테고요.

고아성 | 네, 맞아요. 솔직히 저 오늘 시인님 만난다고 해서 시인님이 낸 책은 한 권이라도 읽고 가야지 해서 시집은 읽고 왔거든요. 내용은 기억하지 못하더라도 읽고 만나는 것과 아, 읽었어야 했는데 하는 것과 마음가짐이 너무 다르잖아요. 연기를 하는 데 있어 책이 어떻게 담기는가 하고 물으면 전 그 '마음'과 '가짐'을 떠올려요. 예컨대 저는 박완서 작가님을 너무 좋아하는데요, 제가 〈오빠생각〉이라는 영화를 촬영할 때 정말 그분 책을 많이 읽었거든요. 비슷한 주제를 가진 것도 아닌데 제가 도움을 받은 건 이 하나의 문장이었어요. "우리는 이제 마지막 남녀가 아니라 수많은 남자 여자 중의 하나였다." 이게 너무 와닿는 거예요. 연애사 한

마디로 전쟁이 어떤 의미인지 너무 알겠다 싶은 거예요.

아까 처음 인사할 때 환히 웃었잖아요. 순간 박완서 선생님
의 웃음과 닮았네 싶은 생각이 순간 들기도 했거든요. 이렇게
반달눈이 되면서 입가가 동그랗게 올라가면서……

고아성 | 어머. 잠시만요. (가방에서 부스럭부스럭) 저 오늘
이 책 갖고 왔거든요. 부산 보수동 헌책방에서 드라마 촬영
할 때 사뒀다가 요즘 읽고 있는 책이거든요. 박완서 선생님
의 『그 가을의 사흘 동안』이요. 저는 박완서 선생님을 의식
적으로 따라 해요. 뵌 적은 없지만 소설을 읽고 성격도 따라
하는 것 같아요(웃음). 『그 많던 싱아는 누가 다 먹었을까』
그거 처음 읽고 제 성격의 콘셉트를 잡았다고 해야 할까, 아
무튼 영향을 지금까지도 되게 많이 받고 있는 것 같아요.

세상에나 이 오래된 책을…… 부산에 가면 헌책방에 들르
는군요.

고아성 | 네, 단골 책방을 다 만들어놨죠. 에이, 저도 술 먹
고 놀다가 술 깰 때 책 보러 가요. 왜 헌책방 가면 발굴의 의
지가 막 불타잖아요. 제가 갈 때마다 롤랑 바르트의 『사랑

의 단상』을 찾거든요. 그 책이 너무 읽고 싶어서요.

　이런, 그 책은 아성씨, 지금 서점 가면 바로 살 수 있어요. 팔고 있어요. 내가 줘야겠다.

고아성 | 어머 절판된 거 아니었어요? 아, 다행이다. 그럼 저 빌려주세요. 사랑의 시작을 롤랑 바르트로 했어야 하는데 아니 에르노로 시작해서 저 망했거든요. 맞아요, 저 엄청 사랑에 무모해요.

　저도 잘은 모르지만 무모할수록 순도가 높은 게 사랑 같거든요. 돌진하고 부딪치고 할 때의 그 사랑을 누가 무엇으로 이길 수가 있겠어요.

고아성 | 최근에 제가 아니 에르노의 『집착』을 다시 읽었거든요. 고등학교 때 읽었던 책인데 다시 펼치니까 제가 그때 이해를 보류해놓은 구절이 있더라고요. 무슨 의미인 줄은 알겠으나 나중에 다시 생각해봐야겠다, 그랬던 기억이 확 나는 거예요. "질투를 할 때 가장 이상야릇한 것은 온 세상이 결코 마주쳤을 일 없는 하나의 존재로 가득차게 된다는 것이다." 지금도 온전히 다 이해하는 건 아니지만 그때

유보를 해뒀다는 게, 이 부분을 묻어두었다는 게 진짜 기특하더라고요.

'기특하다'라는 말이 이때 이렇게 쓰이면 이렇게나 예쁜 거군요. 국어사전 좋아하죠?

고아성 | 네, 많이 찾아봐요. 찾다가 꽂히는 말은 습관적으로 의도적으로 의식적으로 쓰기도 해요. 예컨대 '황황하다'라는 단어가 있어요. 찾아보면 '아름답고 성하다'라는 뜻으로 나오거든요. 뜻도 그렇지만 황황하게, 황황히, 그렇게 발음할 때 이 단어를 품고 싶어지더라고요. 제가 좋아할 만한 말들은 그렇게 조금씩 담아왔던 것 같아요.

실은 아니 에르노를 읽었다고 해서 조금 놀랐어요.

고아성 | 고등학교 때 정말 열심히 읽었던 작가예요. 프랑스 갔을 때 가장 처음 한 일이 아니 에르노의 책을 산 거였는데 막상 프랑스 친구들 만나서 아냐 물으니까 잘 몰라요들. 그래서 그렇게 대중적인 작가는 아니구나, 알았지요.

유독 한국에서 더한 인기를 자랑하는 외국 작가들이 있지요. 성향으로 보자면 마르그리트 뒤라스도 좋아할 법하고요.

고아성 | 맞아요. 그중에서 『이게 다예요』는 제가 정말로 좋아하는 책이에요. 제가 일기 형식은 거의 무조건 좋아하는 편인데요, 특히나 그 책은 제가 너무나 쓰고 싶은 이상적인 일기 느낌이라 거의 외우고 다녀요. 너무 좋아서요.

일기를 열심히 쓰나보군요.

고아성 | 열여섯 살 때부터 지금까지 계속 써오고 있어요. 음악 하는 네스티요나 언니가 일기를 써보라고 권해서 쓰기 시작했어요. 제가 삼 년 전에 혼자 놀 수 있는 작은 공간을 하나 만들었는데요, 거기서 책도 보고 연기 연습도 가끔 하고요, 영화도 보고 그러는데 주로 일기를 쓰는 것 같아요. 집에서는 일기를 몰래 썼거든요. 뭔가를 쓴다는 걸 누군가에게 보인다는 게 우리집에서는 되게 부끄러운 일이었거든요. (웃음) 온전한 제 공간에서 심지어 일기를 잘 쓰려고 예쁜 책상도 샀어요. 그러면서 생긴 변화가 뭐냐면요, 제가 막 거기에다 애교를 부리고 있는 거예요. 제가 제게 애교를 부린다는 게 저로서는 놀라운 일이었어요. 막내라서 어리광이 있긴 하지만 스스로에게는 되게 진지한 편이었거든요.

그런데 요즘 알게 된 건데요, 예전에는 일기가 너무 창피했거든요. 이제는 일기 빼고 다 창피한 거 있죠? (웃음)

음, 그거 뭔가 생각할 만한 여지의 문장이다 싶은데요. 롤랑 바르트의 『애도일기』를 읽고 영화 〈우아한 거짓말〉을 촬영하게 되었다는 인터뷰를 어디선가 읽은 것 같아요.

고아성 | 가족의 죽음이라는 게 제 경험에는 아직 없다보니 절대 모르는 영역이고 해서 못하겠다 이미 감독님께 연락을 드린 뒤였거든요. 그런데 『애도 일기』를 사서 읽게 된 거예요. 그러고는 감독님께 장문의 메일과 전화로 출연하겠다는 말씀을 드렸지요. 저는 애도라 할 때 이런 구절이 너무 무서웠어요. "마망이 살아 있던 동안 내내 나는 그녀를 잃어버릴지도 모른다는 불안에 시달렸다. 그게 나의 노이로제였다. 그런데 지금 나의 애도는 말하자면 노이로제가 아닌 단 하나 나의 부분이다. 이건 어쩌면 마망이 떠나가면서, 마지막 선물처럼, 나의 가장 나쁜 부분, 나의 노이로제를 함께 가져가버렸기 때문인지 모른다." 어머니가 죽을지 모르는 불안감을 어머니의 죽음이 가져갔다…… 이런 대목이 제게 참 크게 왔던 것 같아요. 그런 의미에서 책은 연기

위에 얹히는 감정이 아니라 정말 저도 모르게 연기 밑을 받치는 감정 같아요. 배우로서 책 읽는 기쁨은 이런 데서 가지는 듯해요.

요즘은 무슨 책들 읽고 있어요?

고아성 | 아까 말씀드린 박완서 선생님 책 아직 다 못 읽어서요, 아주 천천히 읽고 있고요, 정세랑 작가님의 『보건교사 안은영』을 재미있게 봤어요. 귀여운 게 가장 큰 매력이었던 것 같아요. 그리고 배우 류현경 언니에게 생일선물로 사달라고 졸라서 받은 책이 『사울 레이터의 모든 것』이라고, 영화 〈캐롤〉의 모티브가 된 책이 있거든요. 그거 최근에 읽었고요. 아, 맞다, 연기를 시작하시거나 공부하고 싶은 분들에게 특별히 권하고 싶은 책이 지금 떠올랐는데요, 『사기열전』이요. 진짜 완전 재미있기도 하고 도움이 되는 부분도 분명 있다 싶어서요.

책 말고도 좋아하는 게 참 많다 싶은데 노래 부르는 것도 그중 하나라는 생각을 했어요. '복면가왕'을 봤거든요. 장덕의 〈님 떠난 후〉를 부르는데 자신에게 잘 맞는 목소리를, 분위기를 귀신같이 알더라고요.

고아성 | 죽기 전에 해보고 싶은 단 하나의 역할이 있는데요, 그게 바로 가수 장덕이에요. 진짜예요. 1990년에 돌아가셨으니까, 제가 태어나기도 전이니까 노래만 아빠 덕분에 알게 되었던 것 같아요. 요즘에 왜 영화들 보면 일대기가 아니라 어느 한 시절을 중심으로 만들기도 하잖아요. 전에 그런 인터뷰를 봤어요. 어릴 때 가족들이 어떤 사정으로 말미암아 뿔뿔이 흩어져 살았는데 장덕님이 교통사고가 나서 한 달 동안 병원에 입원하게 되었대요. 그때 엄마가 옆에서 간호를 해줬고 그게 당신 인생에서 가장 행복한 기억이었다고요. 저는 영화로 너무 하고 싶은 거예요. 먹먹하고 안타깝고 괜한 향수가 느껴지는 그런 영화요. 에이, 저는 시나리오 쓸 재주는 못 되고요, 메모나 끄적거리는 정도고요. 어쨌거나 저한테 장덕님은 절대적인 저 개인의 위인이세요. 노래 하나 더요? 고르자면 박성신의 〈한 번만 더〉요.

최근에 어떤 '좋음'을 경험한 게 있을까요? 좋음에서 힘을 얻는다고 했잖아요.

고아성 | 얼마 전에 드라마 〈라이프 온 마스〉 마치고 베트

남 다낭으로 포상휴가를 다녀왔어요. 3박 4일 동안 정말 신나게 잠도 안 자고 놀았거든요. 그런데 마지막 날에 못 놀겠는 거예요. 그때 '나는 이 포상휴가까지 끝나고 나면 아마 허탈감이 시작될 거다, 아니 벌써 시작된 것 같다'라며 되게 만족스러운 일기까지 썼는데 뭔가 성에 안 차는 거예요. 그때가 새벽 다섯시인가 여섯시인가 해 뜰 무렵이었는데 뭔가 부족하다 싶어 밖에 나가 사진을 찍었어요. 똑딱이 카메라로 그냥 딱 찍은 거였는데 돌아와서 보니 일기보다 그게 그 순간에 나를 더 정확하게 대변했다 싶더라고요. 최근에 나의 좋음이라면 그랬어요.

낭만적인 사람이라는 거, 스스로 잘 알고 있지요?

고아성 | 취향으로 보자면 저는 과거, 과거, 과거, 과거 지향적인 사람이거든요. 전자책이요? 읽다 포기했어요. 연필요? 엄청 좋아하죠. 필기구? 아실 거면서요. 노트요? 모닝글로리에서 살아요. 저에게 낭만은 삶이에요. 인생 전부죠. 어떻게 보면 책도 낭만 그 자체잖아요.

근데 아성씨에게 책이란 정말 무엇인 것 같나요?

고아성 | 큰 거요. 인생에서 제일 큰 거요. 영화보다 음악보다 사진보다 큰 거요. 취향이다 아니다 할 수 없는 거요. 그래서 무언의 압박감이 있지만 그걸 즐기면 비교적 덜 실수하게도 해주는 거요. 그 안도를 느끼게도 해주는 거요.

세상에나…… 책 만드는 일에 더한 책임감을 얻는 말이네요.

고아성 | 제가 가장 무서워하는 말이 책임감이거든요. 저는 책임감이라는 말에 너무 약해요. 저는 책임감이 그 어떤 고통보다 크다는 걸 알아요. 제가 감명 깊게 보는 작품들도 항상 책임감의 무게를 다루는 것들이더라고요. 뭔가를 해결할 수 있어야 하는 책임감으로 살아야 하는 어른의 마음은 정말 무거운 것 같아요. 그걸 책으로 덜어간다 싶어요.

전 아성씨에게 오늘 너무 배운 것 같은데요. 뭐라도 드리고 싶은데…… 혹시 『박완서의 말』이라고…… 아직 안 보셨구나. 제가 다음에 볼 때 드릴게요.

고아성 | 정말요? 정말 너무 반가워요!

(한국일보 2018년 8월 31일)

1

월

24

일

시

어느 때 여느 곳 굴러다니는 붕대들 있어
—반투명

스스로가 움직일 수 있는 유일한 눈으로

그가 벽시계를 보고 있다.

오래 보느라 노려보는 거

그렇다,

한쪽은 어느 하나의 기면이라

신은 아침을 믿고 아침은 그를 믿어

그는 아직 신을 믿는다.

다만 아침은 아름다우니

그는 혼잣말을 내뱉는데

침대 아래로 손에 쥔 둥근 붕대가 미끄러진다.

스스로가 움직일 수 있는 유일한 팔로

휘적거리면서 그가 잡으려는데

집까지 굴러가는 테니스공이라 하고

십자로 칼집을 내었다 하니

식탁 의자는 여섯

다리는 넷씩이니까

도합 스물네 개의 테니스공

하루 스물네 시간 의자 발에다가

신겼다 벗겼다 하는 아홉 살 자폐의 소년이 있어

저녁이면 그의 턱에 흰 수염이 새로 자란다.

스스로가 움직일 수 있는 유일한 발로

차는데 그의 이불은 흘러내리지 않고

걸쳐진다,

헤이 모자 바이 모자

허공중의 모자는 아직 제 얼굴을 못 찾아

뾰루퉁한 입을 부풀려가며 기다리는 함박

눈.

그게 뭐나 되는 것처럼 밤새

눈이 내린다.

유리창에 달라붙는 눈에

눈이 추위로 점점 커진다.

흰 침대보를 사물함에서 꺼내 터는 새벽

누구일까

들었는데, 팔이 긴 가면만이

지 눈을 감길 수 있다 한 이였는데.

1

월

25

일

시

어느 때 여는 곳 그 겨울의 마지막 일요일 있어
—4개의 코다coda

숨바꼭질

　좋은 예술은

　그걸 좋아하는 사람들의

　머릿속에 있다.

정오

　빈 택시였다. 기사님이 창문을 내린 채 악기를 연주하고 있었다. 우리는 탔다. 우리는 물었다. 기사님, 좀 전에 부신 그 악기 이름이 뭔가요? 소프라노 색소폰이요. 들은 건 귀인데 가둔 건 바퀴네요. 그리고 우리는 함께 첫눈을 만났다. 이 겨울 서로에게 깃들 복이, 이 처음 눈송이가, 부디 한 겨울 눈사람처럼 살 통통하기를. 바라니까 첫눈이 재채기를 그쳤다. 바라보니 첫눈이 입을 씻었다. 기사님, 좀 전에 내린 그 눈이 첫눈 맞지요? 네, 악기는 거짓말을 안 합니다.

코러스

억울한 일을 당할 때마다 여자는 꽃을 샀다. 원통할 때마다 한 송이 꽃 한 송이 사기 시작한 습관은 여자를 정원사로 만들기에 이르렀다. 필연처럼 꽃과 나무가 자라나는 봄과 여름에 정원사 여자는 말을 잃었다가 은총처럼 낙엽과 눈이 쌓이는 가을과 겨울에 정원사 여자는 말을 되찾았다. 몇날 며칠 기록적인 폭설 끝에 아무도 찾아오지 않게 된 정원의 입구에서 정원사 여자는 하늘에서 떨어진 작은 새와 사뭇 진지한 어조로 그 '높이'에 대한 이야기를 나눴다. 정원사 여자는 말하고 하늘에서 떨어진 작은 새는 듣고 둘 다 각자의 역할에 충실했으나 서로의 대화가 영 풀리지 않는다는 듯 정원사 여자가 기다란 작대기로 눈 위에 '눈' 하고 썼다. 하늘에서 떨어진 작은 새는 어째서 그런가 가만히 있었다. 하늘에서 떨어진 작은 새가 그대로 그렇게 '눈'이 된 건 그때로부터 얼마 지나지 않아서였다.

자정

모르는 사람은 아는 사람이 되고,
아는 사람은 모르는 사람이 된다.

사랑을 이룩한 사람은 태어나고,
거룩한 사람은 사랑으로 죽는다.

1

월

26

일

일기

내가 이발사가 되었구나

　꿈에 황현산 선생님이 나오셨다. 얼굴을 다 보여주신 게 돌아가시고 나서 두번째다. 그 처음은 선생님이 아끼던 한 시인이 세상 떠나 발인이 있던 날이었다. 검은색 암막 커튼이 사방 겹겹으로 드리워진 채였고 끝도 없이 길고 잴 수 없이 넓은 원목 테이블이 거대한 직사각형으로 자리한 가운데 대각선으로 마주한 그와 선생님 앞에 빵으로 가득한 소쿠리가 놓여 있었다. 선생님이 바사삭 소리를 내며 입에 무시던 바게트, 그 흰 가루가 허공중에 날리기 시작하는데 하마터면 싸락눈이야, 하고 뛰어나가 꼬리를 흔들며 입을 벌려 눈을 먹을 뻔했던 나. 선생님이 빵을 맛나게 드신다는 데서 오는 안도. 그간의 무심함이 용케도 이해받을 수 있으려나 기웃대고 갸웃대는 꼼수.

장면이 바뀌어 저기 선생님이 계신다는 누군가의 알람. 한 걸음 디디기도 버거울 지경의 10센티미터를 훌쩍 넘는 굽을 자랑하는 롱부츠를 신은 내가 선생님 계신 저기가 어디냐고 길거리의 그 누군가에게 물었을 때 짙은 브릭 컬러의 목도리를 칭칭 감은 한 여성이 내 앞에 섰다. 빗살무늬토기처럼 뾰족한 턱에 금발 포니테일 헤어에 질겅질겅 껌을 씹고 있던 그는 고개를 한껏 뒤로 젖힌 채 손끝으로 저기 어딘가를 가리켰다. 셀 수 없이 많은 계단으로 이어진 구름이었다. 구름 계단을 하나씩 밟고 일단은 올라가야 사정을 알 것도 같은 저기, 아주 높은 거기. 첫 구름 계단을 디뎠는데 치렁치렁한 레이스의 검은 롱스커트가 자꾸만 발에 밟혔다. 하고많은 복장 가운데 왜 하필 나는 허벅다리까지 지퍼가 올라오는 검은 롱부츠를 신고 거추장스럽기 이를 데 없는 검은 롱스커트를 입었던 걸까.

얼마나 지났을까. 어떻게 올라갔을까. 땀범벅인 채로 구름 계단의 출구일까 흰색 천국의 입구일까 두리번거리는데 우측으로 선생님이 보였다. 초콜릿색 코듀로이 재킷에 짙은 녹색 베레모를 쓴 선생님의 코밑으로 콧수염이 자라 있었는데 모양새는 부드러워도 느낌은 어딘가 어색했다. "선생님 여기서 뭐하세요?" "너는 이 가위가 안 보이냐? 내가 이발사가 되었구나. 가위는 참 잘 든다." 선생님에게 머리를 맡긴 아이는 소처럼 크고 맑은 눈망울을 연신 깜빡이고 있었는데 알제리 아이다, 하고 선생님이 말하셨다. 그러고 둘러보니 거기는 한국이 아니었다. 내가 프랑스에 한 번도 가보지 못했다 하니 선생님도 생전에 프랑스에 못 가보셨다 하여 그곳이 프랑스인지는 나나 선생님이나 모를 일이었으나 문득 이 순간 여기가 프랑스였으면 하는 바람이 일었다. 아이의 머리카락이 연신 땅으로 떨어지는 걸 가만히 지켜보는데 계속 눈물이 났다. 검은 롱스커트 위로 떨어진 눈물이 치마를 타고 또르르 검은 롱부츠 앞코 위에 가 하나씩 앉기 시작하는데 웅크려 앉은 눈물의 굽은 등이 참도 동그랬다. 눈물은 왜 짠가, 가 아니라 눈물은 왜 동그란가, 물으면 등을 얘기해야지. '등'이란 글자를 네임펜으로 A4 용지에 크게 써서 벽에 압정으로 꽂아두고 보고 또 보아야지 결심하다 잠에서 깼다.

(2020년 1월 26일 일요일)

1

월

27

일

편지

하트는 가끔 그리도록 하자

선생님, 거기 잘 도착했어요? 나는 여기 있어서 그걸 잘 모르겠네요. 모르면 만날 선생님한테 전화해서 물어봤는데, 그때마다 난 왜 이렇게 무식하지? 그랬는데, 그때마다 선생님은 아니다, 너처럼 옳은 애를 내 못 봤다 그랬는데, 그때마다 아는 애가 아니라 옳은 애라고 해줘서 나는 그게 참말 좋고도 겁났는데, 그러니까 그 옳다라는 말. 내 보기에 그리 옳을 것도 없는데 옳다고 자꾸 그러니까 왠지 옳아야 할 것 같아서 되도록 옳은 것을 좇게 한 어떤 '태도'란 걸 선생님 덕분에 나는 선생님이 좋아하는 여름 민어의 부레만큼이나 될까 싶게 아주 조금 배운 와중이었는데, 그런데 다 가르쳐주지도 않고 어디로 가셨을까 우리 선생님. 몰라요. 나는 호기심 천국인데, 세상살이는 나날이 의문투성이인데, 그래서 물어볼 게 한두 가지가 아닌데, 선생님은 또 이렇게 고아를 알아야 한다고 고아의 심정을 가르쳐주네요. 선생님은 또 이렇게 선생이네요.

전화를 해도 안 받으니까 나는 그게 아주 섭섭해서 휴대폰에 남은 선생님 문자랑 이메일에 남은 선생님 편지나 다시 열어보는 참이네요. 선생님과의 인연은 2005년부터였지요. 그때 나는 '문예중앙시선'을 만들고 있던 터라 비교적 자주 선생님과 연락을 주고받을 수 있었는데 이유는 분명했지요. 시인들더러 시집 해설 누구에게 부탁할까요? 하면 대부분이 가장 먼저 '황현산'이라는 이름을 불러냈으니까요. 그 시절에 꽤 쓰셨지요. 특히나 도통 무슨 말인지 알아먹기 힘들다는 식의 '난해'라는 이름으로 묶인 젊은 시인들의 시를 정확하면서도 열렬히 읽어주셨지요. 그렇게 우리들 가운데 '완전 소중 황현산'이라는 친구로 술자리마다 밥자리마다 커피 자리마다 있어주셨지요.

기억하세요? 이게 시냐 뭐냐 온갖 말들을 듣게 했던 내 첫 시집을 읽고 보내주신 글 속 이 구절이요. "괘념치 마라, 네가 너무 일찍 썼다." 그때부터였을 거예요. 썰룩썰룩 특유의 오리엉덩이 걸음이시던 선생님의 뒤를 미운 오리 새끼처럼 졸졸 따라다녀야지 결심한 순간이요. 그런 가운데 만들게 된 선생님의 저작들. 출판사 로고만 있을 뿐 책은 하나 내지도 않았던 시절에 선생님 글 좋아하니까 무조건 선생님 책 낼래요, 했던 내게 나 같은 늙은이 책 내서 팔릴 리가 있겠냐 네 손해를 어쩌냐 먼저 내 가난을 걱정하시던 선생님.

그렇게 나온 선생님의 첫 산문집 『밤이 선생이다』가 널리 읽혀 나날이 바빠진 선생님이 어느 날 아파져서 내가 몹시 슬픈 마음에 제발 그 트위터 좀 그만하시라니까요, 하니까 소통은 필요하다, 했던 선생님. 입원과 퇴원을 반복하면서도 엄살 아닌 통증의 그 흔한 아, 소리 한번을 안 내던 선생님. 아프신 가운데에서도 정의롭지 못한 우리 세상 구석구석에 눈길을 두시고 글길을 트셨던 선생님. 제발 그만 좀 쓰고 쉬시라니까요, 할 때마다 이건 일도 아니다, 했던 선생님. 이게 일이 아니면 뭐가 일인가요, 할 때마다 큰일들은 다들 하고 있다, 했던 선생님. 그렇게 마지막 저작인 산문집 『황현산의 사소한 부탁』의 서문을 보내며 보태신 말씀에 나는 그만 엉엉 울어버렸다지요. "며칠 전 밤에 쓰러졌다.

회복중. 또한 쓰고 있는 중에 완성. 민정아, 이제 서문 보낸다. 내게 힘이 없으니 글에도 힘이 없구나."

새 책에 사인하시기를 즐겨 했던 선생님에게 하트도 하나 그려주세요, 했던 날이 있었지요. 별도 그리고 달도 그리고 꽃도 그리시던 선생님이라 졸랐던 건데 선생님이 그러셨지요. "하트는 가끔 그리도록 하자." 나는 그 말이 너무 예뻐서 휴대폰 바탕화면에 한동안 새겨두기도 했다지요. 그리고 떠나시기 얼마 전 내게 새 책을 펴서 사인을 해주신다며 펜을 쥐셨는데 끝끝내 그려달라는 하트는 안 그려주시고 내 이름인 듯하나 모두의 이름인 듯한 모음과 자음을 나열하시고 황현산이라는 이름인 듯하나 어쩐 일인지 '하하'라 읽히는 이 두 글자만 남기셨다지요.

하하…… 끝내는 이렇게 웃다 우는 법까지 가르쳐주시고 끝끝내 울다 웃는 법까지 알게 하실 선생님, 하여간에 뭘 자꾸만 가리켜서 가르치는 선생의 달인인 선생님! 독일에 있는 시인 허수경 언니가 그러는데요, 우주의 시계는 지구의 시계와 다르대요. 그러니까 잠시 장에 간 거라고 생각하래요. 그 말을 들으니까 힘이 막 났어요. 거기 잠깐만 계세요.
여기 잠깐만 있을게요. 그리고 우리 곧 만나요, 선생님.

(한국일보 2018년 8월 10일)

1
월
28
일

노트

아빠와 나 사이에
녹음기가 있었다

나 자신

　수시로 불쑥불쑥 들러서는

　누구 환자분 오늘은 어떠세요? 아니라

　아부지 오늘은 어떠서, 라 묻던

　인하대병원 재활의학과 레지던트 선생님.

　이제나저제나 선생님 방에 들르실까

　부지불식간에 선생님 이름 까먹을까

　몇 번이고 성함 외우고 발음하는 일로

　아빠 스스로 머리 굴리게 하신 레지던트 선생님.

　"나한테 꼭 아부지라 그러더라. 아들같이 살갑게."

　"옆에 아저씨한테도 그러셨어. 착각은 뭐랬지?"

　"자유. 자유는 프리덤. 프리덤은 생리대."

　"아빠가 딸들 생리대 참 많이도 사다 날랐는데."

"내가 기저귀 차보니까 이거 여자들 보통 일 아냐."

"그러니까 결론은 역지사지라니까."

온수 받은 세숫대야에 아빠 손 넣고 마사지하는데

때마침 병실 안으로 들어오신 레지던트 선생님.

우리 둘을 번갈아 바라보다가

나를 한번 더 쳐다보는가 싶더니

이내 아빠에게 이렇게 물으셨다.

"아부지, 세상에서 누가 가장 소중하지?"

잠시 침묵이 흐르는가 싶더니 아빠가 대답했다.

"나 자신."

순간 나와 눈이 마주친 레지던트 선생님이

당황한 듯 눈을 깜빡대다가 다시 아빠에게 물으셨다.

"아부지, 잘 생각해봐. 세상에서 누가 가장 귀하냐니까."

그 즉시로 또박또박 우렁차게 답하는 아빠.

"프란치스코, 나 자신."

레지던트 선생님이 병실 밖으로 나가자

아빠가 슬슬 눈치를 살피더니 내게 물었다.

"나 뭐 잘못한 거야? 나 잘못했대?"

"아니 잘했대. 너무너무 똑똑하대."

나 빨리 가래

아침에 진료를 받으러 아빠 병원 밖 엄마 병원에 간 엄마
가 점심으로 막내네 부부와 해물찜을 먹고 온다니까 아빠
가 말했다.

"왠지 헬레나가 해물찜 먹다 남은 콩나물 다 포장해서 병
원으로 올 것 같아."

"아빠 해물찜 먹고 싶어?"

"콧줄만 빼면 나 그거 썩썩 밥에 비벼서 아구창 미어지게
아구아구 먹을 거야."

"콧줄만 빼면 내가 아귀 살도 다 발라주지."

"근데 나 쓰러지기 전에 담근 열무김치 익었냐? 그거 열
무 내가 혼자 다 다듬었는데."

"엄청 맛있어. 장난 아냐. 퇴원하고 집에 가면 먹자."

"언제 나가냐. 때는 늦으리. 시어 꼬부라지리. 신김치는
싫으리."

(……)

"엄마 문자 왔어. 엘리베이터래. 삼층이래."

"너 얼른 나가 그거 받아와."

"뭘?"

"콩나물."

"아니 콩나물에 미친 사람도 아니고 어떻게 반나절 내내 콩나물타령이냐고. 아빠 매워서 못 먹는 걸 엄마가 왜 포장까지 해오냐니까."

그때 병실 안으로 들어선 엄마의 왼손에 둥글납작하게 묶인 통통한 검은 비닐봉지 하나 들려 있었다.

"그거 콩나물이지? 맞지?"

"이 양반 가만히 누워 천리만리를 보네. 나 왔으니까 너 얼른 집에 가라. 보호자 둘 있다고 또 뭐라 하겠다. 여보, 저녁에 죽 나오면 동치미 국물에 콩나물 실컷 헹궈서 안 맵게 얹어드릴까?"

"거 좋지. 야 헬레나 왔으니 너 빨리 가."

"이 부부 또 미쳤네."

부부싸움

"우리 헬레나는 내가 죽으면 너무 신나서

아파트 한복판에서 빨개벗고 춤춘다고 했습니다.

이 일기장 보신 분들은 어서들 구경 오세요."

양회

"야 무릎 위에 양회 좀 안아다 뉘어라."

"양회?"

"나는 연회 쟤는 양회."

"양회라니."

"여섯 살 때 물에 빠져 죽은 내 동생이 양회잖아."

"아빠 죽은 동생 이름이 양회야?"

"회자 돌림 김양회. 야 다리 저려 죽겠다니까."

"없다니까."

"무섭다니까."

"안 보인다니까."

"딱 보인다니까."

"아빠 정신 좀 차리라니까."

"두 눈 시퍼렇게 뜨고 있다니까."

"내기하자."

"시계도 못 차고 실려왔잖아."

"있는 거 다 걸면 되지."

"찬 거라고는 불알 두 쪽이 다잖아."

"너무 작아 돋보기로 봐야 할 참이던데."

"미안한데, 저기 사물함 안에 헬레나 돋보기 있다."

아빠가 내게 써준 연하장

　새해 복 많이 받으세요.

　그리고,

　새해 복 많이 뱉으세요.

떡국상 앞에서

　붉은 떡국은 입에 대지도 않던 아빠였는데

　붉은 떡국 아니면 먹을 수 없게 된 아빠이기에

　붉은 떡국이라서 섭섭하냐니까, 살아

　붉은 떡국이라도 먹을 수 있는 게 어디냐며

　"감사합니다, 아멘."

　"맛있습니다, 아멘."

"아빠 왜 아멘만 하냐?"

"아멘 곱하기 아멘."

"평화방송 아빠가 또 틀었어?"

"어."

"뉴스 틀까?"

"아니, 정초부터 것들 꼴보기 싫어."

"누구?"

"입만 살아 짭짭대는 것들."

"내 얘기야?"

"너도 조심해."

대추에서 시작해서 추어로 끝난 이야기

"아빠 보은에서 대추가 선물로 왔어."

"대추라 하면 보은이고 보은이라 하면 결초지."

"결초보은이 무슨 뜻이었지?"

"맺을 결, 풀 초, 갚을 보, 은혜 은. 내가 너에게 갚을 각오지."

"죽어서 말고 살아서 갚아. 죽어서까지 그 인연 너무 길다."

"너는 대추 같은 사람이 되어라. 약방에 감초 같은 게 또
한 대추다."

"아빠 나는 배추 같은 사람이 될 거야."

"배추 좋지. 고추는 되지 말고. 아무짝에도 쓸모가 없잖냐."

"아름답기는 하고?"

"82년에 이태리 갔을 때 다비드상 옆에서 사진 찍었는데."

"다비드상이 아름다웠다는 얘기지?"

"그때 같이 갔던 애들 나 빼고 다 죽었다고."

"아빠도 죽고 나도 죽고 우린 다 죽을 거야."

"나는 빨리 죽어서 네 꿈에 나타나 숫자 불러줄 거야."

"복권 맞으려다 벼락 맞아. 상추쌈 하나 더 할래?"

"헬레나, 헬레나."

"갑자기 엄마는 왜 불러?"

"나 갑자기 추어탕이 먹고 싶어요."

욕정이다

"아빠 내가 가장 예뻤을 때가 언제야?"

"너 일곱 살 때. 유치원 졸업할 때."

"난 그때 너무 우울했는데."

"왜?"

"한 살 일찍 들어가서, 말도 마."

"왜?"

"○○ 언니가 미끄럼틀 꼭대기에서 밀었잖아."

"왜?"

"어리다고, 친구 아니라고, 꺼지라고."

"맞다. 너 볼에 내가 아까징끼 발라줬어."

"그니까 내 볼이 활화산이었잖아."

"그 필름 잘 됐지? 너 국민학교 오학년 때 내가 학익동 교도소 입구 제일칼라 사진관 가서 원본 필름 안 준다는 걸 난리를 쳐가지고 금고 안에 넣어놨던 거잖아."

"어째 그리 아빠는 꼼꼼했을까?"

"사진관이 문을 닫는다잖아. 그 주인이 너 얼굴 갖다 뭐해."

"맞네."

"꼼꼼하게 챙기고 살아. 기억 안 나면 손으로 써놔."

"요즘 나 일기 써."

"그래? 오늘 일기는 뭐라고 쓸 건데?"

"아빠 얘기."

"좋지. 나 아픈 거 다 적어두고 있지?"

"응."

"나처럼 아픈 사람들 보면 도움 되게 꼼꼼하게 써."

"근데 왜 내가 일곱 살 때 가장 예뻤던 것 같아?"

"험한 말 안 해서. 살벌하게 욕도 안 해서."

"알았어."

"욕 자꾸 하면 너 민정이 아니다, 욕정이다."

물욕이다

"주는 기쁨에 주저하지 마세요."

새 비니를 사줬더니 터진 아빠의 명언.

"패션쇼 하러 입원하셨습니까?"

"무지개는 보남파초노주빨입니다."

"갑자기 무지개는 왜 외우십니까?"

"비니를 컬러별로 다 쓰고 싶습니다."

"욕심이 과하십니다."

"매일매일 보는 사람을 기쁘게 하고 싶습니다."

"후딱 일어나서 걸어야 내가 기쁩니다."

"내 살아 있음이 당신의 기쁨입니다."

결국 보라색 비니까지 주문 다 마침.

환자식 메뉴 흰죽에 동치미 나온 날

"아빠, 그 큰 오메가3는 어떻게 먹어?"

"입속에 세로로 넣고 데굴데굴 굴려 먹지."

"데굴데굴?"

"굴려야 작아져."

"근데 세로여야 해?"

"가로로 넣으면 커서 안 굴려져."

"바늘로 짜 먹이던 걸 삼키다니, 천재다."

"넌 날 좀 쪼다로 보는 경향이 있어."

"쪼다 그거 추억의 말이다."

"국어사전에 없냐? 순화할까?"

"있어."

"그럼 됐네. 바보라 할까 하다 멋부려본 건데."

"잘했어. 멋부릴 줄 아니 얼마나 다채로워."

"소금이랑 고춧가루랑 다대기랑 너무 들이부었어."

"아빠 그릇은 하나같이 참 맵고 짰어."

"그래서 쓰러졌잖아. 뇌가 나갔잖아."

"소주를 짝으로 마신 게 근 육십 년이야."

"심심하게 먹어. 넌 흰죽같이 살아."

"흰죽은 내가 섬기고픈 얼굴이야."

"화장 너무 허옇게 하지 말고."

개는 참 아끼는 게 없어

링거 바늘을 잘못 꽂아 피를 잔뜩 쏟게 한 간호사에게 성을 좀 냈더니 아빠가 말했다. "야 열받지 마. 쓰러져, 쓰러져. 하여간에 쓰러지는 게 젤 무서워." 아빠는 일기를 쓴다더니 소설을 쓰고 있다. 한 달에 대학 노트로 세 권은 너끈히 갈아치우는 중이다. 어젯밤에 아빠 일기장 보다 낄낄대며 웃는데 간호사가 찾아와 쪽지를 건네주고 갔다. 조용히좀 해달라고.

"오후에 민정이가 배를 마사지하는데 벼란간(별안간) 배가 풀려서 대변을 390그램 보았다. 민정이에게 미안했다. 수북한 배가 쑥 들어갔다. 비누로 항문을 스무 번 넘게 손으로 닦아줬다. 미안했는데 뜨거운 물로 씻어주니 솔직히 아주 시원했다. 아무개 내과 의사보다 더 의술이 좋았다. 아빠 똥을 해결해준 보약 같은 큰딸. 힘이 좋아서 손이 매워서 배를 누르는데 방귀가 줄줄 나왔다. 민정이가 정화조 냄새

가 난다고 했다. 간호사 오기 전에 향수 뿌리라고 했더니 걔
는 참 아끼는 게 없어 너무 팍팍 뿌렸다."

유형!

　늦은 밤 난다 유성원 과장이 나를 병원에 내려주고 갔다.
2박 3일 간병 가방을 내려놓기가 무섭게 아빠가 말꼬리를
이었다.

　"밖에 비가 오나? 눈은 안 온다는데. 야간 근무조 간호사
선생님이 출근해서 내 방 들러 길이 질퍽질퍽 미끄럽다 하
던데 오늘 금요일 맞지? 성원 과장님 너 태우고 다니느라
데이트는 언제 하냐. 파주 집까지 다시 가려면 한참인데 자
유로 천천히 달리시라 해. 속도 내다가 차 뒤집히면 너도 숨
쉬고는 못 산다. 그러지 말고 나 성원 과장님한테 전화 좀
걸어줘."

　"아빠 왜 나만 빤히 쳐다보냐. 말을 해, 말을 하라니까. 아
이 참 성원아, 아빠가 너한테 할말 있다고 전화 좀 걸어달래
서 귀에 대줬는데 저렇게 그냥 씩 웃고만 있다. 아니 웃지만
말고 말을 하라니까."

　"유형!"

"엥? 갑자기 유형? 성원이가 형이야?"

"고마워서."

그건 그래

일주일에 두 번 장애인 콜택시를 부르거나 사설 앰뷸런스를 타고 인하대병원을 갈 때를 제외하고 일주일에 서너 번 침 맞으러 한의원에 갈 때가 유일하게 아빠가 당신 속도로 바람을 맞는 시간이다. 아무리 반복해도 휠체어 밀기란 쉽지가 않아 천천히 조심조심 바퀴를 조절하는 것만이 안전운전이다 하는데 그때마다 아빠는 코를 킁킁 바깥공기에 오감을 열기 바쁘다. 언젠가 바람에 꽃이 맺혔구나 하더니만 오늘은 바람에 비가 매달렸구나 하는 거. 콧물 아냐? 감기 아냐? 하는데 갑자기 후드득 비가 떨어지는 거.

"거봐라, 어쩐지 물방울이 과체중이더라고."

때마침 한의원 건물 일층 안으로 들어와 옷매무새를 가다듬는데 갑작스레 떨어지는 비를 피해 유리문을 밀고 들어오는 사람들을 향해 안녕하세요, 안녕하세요, 아빠가 연신 인사를 했다.

"너는 안 하냐?"

"모르는 사람들한테 인사를 왜 하냐."

"그럼 넌 아는 사람들한테 인사는 잘하고 사냐?"

내가 환호했던 데서

"육상 시작했냐?"

"응. 지금은 100미터 허들 예선하네. 저 푸에르토리코 선수 잘 뛸 것 같은데."

"너 그리피스 조이너 좋아했잖아."

"어머 그걸 다 기억해?"

"당연하지. 근데 경기가 언제야?"

"누구?"

"누구긴, 그리피스 조이너지."

"엥? 죽었잖아. 검색해보니까 1998년 9월 21일 사망이야. 이십 년도 훌쩍 넘었어."

"그래? 이상하지, 스포츠 선수는 나이를 안 먹는 것 같아. 멈춰 있어, 거기서."

"거기가 어딘데?"

"내가 환호했던 데서."

1
월
29
일

시

어느 때 여느 곳 호두를 붙좇는 밤 있어
—메트로놈

눈 오는 밤
호두나무 테이블을
호두기름으로 닦고 있는 일
그런 일

제집 호두나무에서
호두를 따설랑
호두기름으로 짜낸 뒤
소주병에 담아 보낸 이가 있는 일
그런 일

호두나무 테이블을 닦는 사이
호두기름이 그에 스미는 사이

호두를 자라게 하는 이의 심장이란

이리도 작고 단단한 동그라미일지

다반에 올려놓은 호두 두 알

손에 쥐고 굴려도 보게 되는 일

그런 일

호두기름 먹은 호두나무 테이블이

천천히 눅지도록 닦고 또 닦고 또

닦고 이 닦음의 끝이란 실은 없고

내가 말아버리면 거기가 바로 끝일

그런 일

호두기름 묻은 손은 이제 없고

(비누로 씻었으니까!)

호두기름 범벅인 수건은 여기 있고

(흰색이었으니까!)

쓴 수건을 버리거나

새 수건을 사버리거나

어떤 가능성을 두고 메트로놈이나 켜보는 일

그런 일

호두나무 테이블이 말라가는 사이
호두기름이 그만큼 사라져간 사이
규칙적으로 똑딱거리는 메트로놈
어떤 박자에 맞춰 측정하려는 건
미련인가 아쉬움인가 진정 난 모르겠고*
적설량이라면 그거는 말이 되지 싶은 일
그런 일

---

*⟨난 정말 몰랐었네⟩ 최병걸 노래 중에서.

1

월

30

일

동시

달걀도 사랑해

우리 서로 어깨와 어깨를 기대요
딱딱은 안 돼요
톡톡만 괜찮아요

우리 서로 심장과 심장을 맞대요
쾅쾅은 안 돼요
콩콩만 괜찮아요

우리 서로 볼과 볼을 비벼요
싹싹은 안 돼요
살살만 괜찮아요

그러니까 왜 이리 조심이냐고요?

깨지니까!

1

월

31

일

인터뷰

—

황병기

(1936. 5. 31~2018. 1. 31)

선생님과 가끔 무교동 '강가'에서 만났다. 하루는 선생님이 아티스트 백남준의 것이라며 입고 나오신 멜빵바지 자랑에 커리 다 식게 하였는데 어머어머 너무 너무 귀엽다 선생님, 동시에 그 말도 족히 열댓 번은 뱉게 하셨다.

"나 죽어도 오지 마. 그건 와서 울 일이 아니라고. 삶이고 죽음이고 둘 사이를 우리가 쩍 긋는다 해서 그게 둘로 딱 쪼개질 일이기나 하겠냐고."

내 이상형이 지혜로운 어른이면서 귀여운 남자임에 그런 그의 말이라면 귀담아듣는 것이 필시 당연함에 나는 종일 선생님 연주를 몰아 듣는 하루로 연기 끊어지지 않게 향을 피우나니,

1월 31일 오늘은 가야금연주자 황병기 선생님의 기일이다.

실은
난 좀 유치해

intro

　인터뷰와 사진 촬영을 핑계 삼아 선생을 두 번 뵈었다. 선은 북아현동 자택에서였고, 후는 평창동의 한 카페에서였다. 처음에 선생의 '병기'는 말마따나 '눈'이었다. 그건 어떻게 피한다고 될 수 있는 게 아닌, 제압의 기술을 타고난 장사의 손 같은 것이어서 나는 선생의 아귀힘이 언제나 느슨해질까 호시탐탐 기회를 엿볼 수밖에 없었다. 선생은 좀처럼 웃지 않았다. 웬만해서는 하던 말을 끊지 않았고, 끊을라치면 매섭게 맥을 이었다. 한 시간 반가량의 인터뷰를 마칠 즈음 작심하고 챙겨간 세 대의 카메라가 퍽, 퍽, 퍽, 내리 눈을 감는 초유의 사태가 벌어졌고 그제야 가야금을 앞에 둔 선생이 처음으로 웃었던 것을 나는 기억한다. 이거 카메라가 너무 좋아 그래. 아이처럼 환하던 한순간, 무방비로 중

무장한 선생의 그 빈틈을 내가 놓쳤으려고. 그렇게 나는 알아버렸다. 선생의 또다른 '병기'가 다름아닌 '웃음'이라는 것을.

가야금을 일찍 시작하신 걸로 압니다.

황병기 | 내가 서울재동초등학교를 나왔어. 그 학교는 방과후에 특활반 같은 걸 운영했거든. 근데 내가 노래를 꽤 잘했어. KBS에 나가서 독창도 하고 그랬다고. 그러다 경기중학교에 입학했는데 악기를 하나 하고 싶더라고. 근데 맘만 있었지 누구에게도 말을 못했어. 변변한 걸 구경이라도 했어야지, 고작해야 손풍금인데. 그러다 6·25가 터졌어. 부산으로 피란을 내려갔는데 거기서 '피란학교'를 다녔지.

피란학교요?

황병기 | 그게 뭐냐면 배추밭이나 무밭으로 쓰던 땅을 얻어서 거기다 천막으로 학교를 짓는 거야. 처음에는 천막 학교 정도가 아니라 버스 지나가는 길에 있는 전신주에다 칠판 하나 걸어놓고 오늘부터 학교다, 그러면 애들이 길바닥에 앉아 공부를 하는 식이었어. 중학교 삼학년이었는데 그

때부터야, 나 가야금.

피란지에서 가야금이라. 그거 웬만해선 그리기 힘든 그림인데요.

황병기 | 예전에 구미서관에서 『피와 땀은 말이 없다』라는 책이 나온 적이 있어. 자수성가한 사람들만 모아놓은 건데 우리 아버지 얘기도 나와. 꼭지 제목이 '칠전팔기'야. 실패도 재기도 밥 먹듯 하고 아무튼 우리 아버지는 파란만장한 사업가였어. 돈도 돈이지만 사업에 완전 미친 사람이었지. 이유는 모르겠는데 부산으로 피란 갔을 때 아버지가 엄청나게 돈을 벌었어. 아마 부산에서 가장 큰 집에 살았을걸? 대지가 한 3천 평이 넘는 일본식 이층집이었는데 자동차 세대가 집 마당을 휘젓고 다닐 정도였으니 말 다했지. 어쨌거나 그 집에 늘 사람이 많았는데 아버지 친구는 첩하고 들어와 이 년을 살다 나가기도 했어. 가만, 내가 지금 무슨 얘기를 하고 있는 거지?

아버지 돈 무지하게 버셨다는 얘기요.

황병기 | 아, 그래 아버지. 우리 아버지는 라디오도 안 들

으셔. 무조건 고요해야 해. 일요일에도 혼자 절간 같은 데를 찾아다니셨어. 고독을 즐기셨던 거지. 며느리(소설가 한말숙)가 쓴 것도 단 한 장을 안 읽으셔. 이유는 간단해. 잔소리라고.

잔소리요?

황병기 | 뭘 그렇게 시시콜콜 그랬다 저랬다 하냐는 거지.

그럼 아버지는 무슨 책을 읽으셨는데요?

황병기 | 사랑방에서 혼자 『삼국지』나 『수호전』을 원전으로 보셨어.

아버지가 가야금 한다니까 반대하지는 않으셨어요?

황병기 | 가야금 배우는 건 아무런 문제가 아닌데 내 성적이 떨어질까 그걸 염려하셨지. 근데 그때 우리집에서 아인슈타인이면 다 됐어. 아인슈타인은 세계적인 과학자이지만 바이올린을 켠다, 그것도 굉장히 잘한다, 슈바이처도 파이프오르간 연주자이지 않았냐, 나는 가야금을 하면 공부도 더 잘할 수 있을 것 같다, 자신 있다, 마구 우겼지.

가야금 가르치는 학원이 전쟁통에도 있었나봐요.

황병기 | 하루는 반장이 날더러 가야금을 배우지 않겠냐고
그래. 깜짝 놀랐지. 엉뚱하잖아. 가야금은커녕 거문고 할애
비도 본 적도 들은 적도 없는데. 그럼 어떻게 아느냐. 역사
시간에 선생님이 가야금이라는 게 있다, 우륵이다, 거문고
라는 게 있다, 왕산악이다, 설명을 하니까 상상만 했지. 근
데 그걸 배우자고 하니 어처구니가 없잖아. 호기심에 따라
가서 보니까 고전무용연구소라고 일본식 집이 있어. 장구
소리가 나는데, 거기서 어떤 노인이 나와. 지금은 내가 더
늙었으니까 노인도 아니겠지만 여하튼 간에 그 노인이 날
보더니 소리를 꽥 질러. 여길 왜 왔냐는 거지. 가야금 배우
겠다고 하니까 글쎄, 부라렸던 눈을 확 풀더라고.

가야금 소리를 그때 처음으로 들으셨겠네요.

황병기 | 벽에 가야금이 대여섯 대 세워져 있었는데 그중
한 대를 내려놓더니 무릎에다 놓고 타. 듣는 순간 그냥 반했
어. 둥둥 울리는데 아주 기가 막혀. 야, 저건 내가 세상없어
도 배워야겠다, 굳게 결심을 했지.

같이 갔던 반장도 함께 가야금을 배웠나요?

황병기 | 걔? 부모가 반대해서 포기했어. 나는 했지. 막무가내로 하겠다는데 누가 날 말려. 근데 사람 일에 '그냥'은 없더라. 가야금을 하려니까 국립국악원이 부산으로 피란을 온 거야. 그래서 용두산 꼭대기 판잣집에 살던 국악원 선생에게 매일같이 배우러 다녔어. 내가 하도 열심히 하니까 그 선생이 일요일에는 우리집에 오기도 했어. 그후부터 매일같이 가야금을 연습해.

정말 하루도 안 빼고 매일매일 뜯으세요?

황병기 | 그건 물어볼 필요도 없는 거야. 나뿐만 아니라 모든 연주자는 매일 연습하는 거야. 자네처럼 시를 쓰는 건 몇 달이고 몇 년이고 쉬었다가도 하지만 육체는 매일 안 하면 쓸 수가 없어. 근육이란 그만큼 정직한 거라고. 올림픽에서 금메달 딴 선수들도 일주일만 안 하면 허우적거리잖아. 연주라는 건 카뮈의 말처럼 시시포스의 신화야. 왜 하는지도 모르면서 매일 해야 하는 멍에를 스스로 짊어지는 거라고.

시도 실은 그래요. 쉬면 감이 좀 떨어지기도 하는데……

황병기 | 사실 연주는 또 그 맛에 하기도 해. 우리가 운동장에서 아무 생각 없이 뛰어놀아도 다 중력이 있으니까 가능한 얘기라고. 거꾸로 무중력 상태가 되면 훈련을 받잖아. 자유라는 건 이렇게 부자연스러운 거야. 세계적인 첼리스트나 피아니스트도 마찬가지야. 연주 하나 하려면 얼마나 귀찮고 복잡해. 실은 그걸 마스터하면서 자유를 만끽하는 거라고. 테니스 칠 때도 마찬가지야. 네트를 걷고 친다고 해봐. 그럼 공을 칠 수 있겠어? 구속의 틀을 걷어버리면 사람들은 꼼짝을 못해.

근데 정말 드는 생각인데요, 대체 가야금을 왜 하신 거예요? 안 할 이유도 없지만 딱히 또 해야만 하는 이유가 있는 것도 아니었잖아요.

황병기 | 공자의 『논어』를 보면 이런 말이 나와. '아는 것이 중요하지만, 아는 것보다 더 좋은 것이 좋아하는 것이고, 좋아하는 것보다 더 중요한 것은 즐기는 것이다'라고. 뭐든 그냥 좋아서 해야 무시무시한 힘이 나와. 맹목으로 덤빌 수 있는 게 진짜 위대한 거라고. 자기가 정말 좋아하는 것은 몽둥이로 때려도 담을 넘어 도망가서라도 해. 가히 초인적이지.

학교에서는 어떤 학생이셨나요? 친구들 사이에서 괴짜로 유명했다는 얘기가 있어요.

황병기 | 저거 이상한 짓 하는 놈이다, 그랬지. 내가 고삼 때 전국국악콩쿠르에서 1등을 했어. 졸업할 때 나한테 특기상인가 줬는데 학교도 안 갔어. 나중에 상장 가져가라고 학교에서 전화가 왔던데 내가 그거 받아 뭐 하겠냐. 안 받고 말지.

그럼 그때 졸업식 참석 안 하시고 뭐 하셨어요?

황병기 | 아마 여학생하고 데이트하고 있었을걸? 난 식式이라는 걸 일체 싫어하는 사람이야. 내 자식들 행사라도 예외는 없어.

음악을 하시면서 대학에서는 법을 전공하셨는데, 법과 음악은 어떤 관계인가요.

황병기 | 법대에 입학했는데 교양 수업 시간에 교수님이 그러서. 법대에 오는 건 법조문을 배우기 위해서가 아니라 법조문을 해석할 수 있는 능력을 배우기 위해서라고. 난 이걸 그대로 음악에 적용시킨 것 같아. 예악 사상禮樂思想이라

고 들어본 적 있지? 예禮와 악樂은 일치한다. 왜냐, 예나 악이나 하나의 질서거든. 예는 인간과 인간 사이의 질서고, 악은 인간과 우주 사이의 질서, 달리 말하자면 예는 사람과 사람을 구별해주는 거고, 악은 서로 다른 사람들끼리 어떻게 화합하느냐를 물어. 그래서 예는 근본적으로 다를 이異를 써. 사람이 같은 게 아니야. 달라야 질서가 생기거든. 그게 지나치면 이별이라는 이離가 되는 거야. 악은 동同을 써. 그리고 화和를 쓰지. 그러니까 사람은 서로 다르면서 또 서로 친해야 한다, 그로부터 효도를 해야 하거나 자애를 베풀어야 하거나 하는 관계의 근본이 뭐냐면 음악이라는 거지. 반대편을 끌어안아야 뭐가 돼도 되는 거야.

들을수록 가야금이란 악기가 궁금해집니다. 대체 어떤 악기인가요.

황병기 | 기타guitar, 다시 말해 공명통과 줄이 나란히 가고 있는 악기야. 가야금은 공명통이 둥글거나 장방형으로 길어. 그래서 롱 기타라고도 해. 현악기는 활로 밀어서 소리를 내는 거랑 손가락으로 뜯어서 내는 거랑 두 종류인데 가야금은 후자야, 뜯음 악기지. 가야금은 중국, 일본, 몽골, 베

트남, 인도네시아 등 웬만한 동아시아 국가에는 다 있어. 근데 인도서부터는 없어. 공명통은 전부 오동나무로 만드는데 가야금은 한국 오동, 소위 조선오동이어야 해. 오동은 가장 악조건 속에서 자란 게 좋다고들 해. 과학적으로 빨리 자란 오동은 나이테가 넓어. 나무가 무르다고. 나무가 단단해야 단단한 소리가 나거든.

가야금을 몇 대나 가지고 계세요? 남는 거 있으시면 저 좀 주시지.

황병기 | 한 스물대여섯 대 있으려나. 근데 뭐 하려고.

저도 가야금 배우고 싶어서요, 악기 잘하면 완전 멋있어 보이잖아요.

황병기 | 애초에 하지를 마. 나 공연할 때나 와서 그냥 들어. 아니면 시조를 배우든가. 목청만 있으면 되잖아. 시조 중에서도 평시조 해. 시인이니까 직접 가사 써서 부르면 되겠구먼.

제 시요? ······ 그나저나 가야금과 거문고는 어떤 차이가 있나요?

황병기 | 가야금은 전통적으로 열두 줄이야, 한 다스. 개량 가야금은 스물다섯 줄인데 나는 열일곱 줄까지만 썼어. 스무 줄만 넘겨도 서양 악기가 돼. 전에는 거문고 연주자가 꽤 많았거든. 조선조 때 선비들은 대부분 거문고를 했잖아. 선비들 음악이 정악인데 거문고가 거기에 맞아. 그러다 19세기 말에 산조라는 게 나오는데 그때부터 가야금이 거문고를 눌러버려. 거문고는 우리나라 악기 중에서 세계 어디에도 없고 우리나라에만 있는 거야. 굉장히 한국적인 악기인데, 강해서 도저히 개량이 안 돼. 현대와 타협할 여지가 없는 악기란 말이야. 북한에서는 그저 연구용이야. 안 써.

서울대 법대를 졸업하시고 서울대 국악과 강사로 부임하셨는데 당시 학교 분위기는 어땠나요? 그때만 해도 국악이 천대받던 시절이잖아요.

황병기 | 우리나라 대학에 최초로 국악과가 생긴 게 1959년이야. 당시 음대 학장이던 현제명 선생이 날 불러, 와달라고. 못하겠다고 하니까 법은 당신 말고 할 사람이 많지만 여기는 안 된다고 해. 그때 다들 그랬어. 조만간 폐과될 거라고.

지원자가 없으니까. 정말이야. 다니던 학생들의 구십 퍼센트는 다 관뒀어. 심지어 어떤 학생은 동네 사람들에게 피아노과라고 거짓말을 하면서 다녔어. 그런 어두운 맘을 갖고 죄인처럼 하는데 잘될 리가 있겠냐. 그중에서도 극히 소수가 성공을 한 거야. 어쨌거나 서울대 음대는 성공을 거뒀어. 그건 학교가 잘해서가 아니야. 사회가 변한 거야. 점점 뭔가 내 것을 해야겠다, 서양 것만 좋으면 안 되겠다, 하는 사회 전반적으로 의식의 변화가 생긴 거야. 그러다 1970년대 들어와서 한양대 음대가 생기고 이대가 생기고, 추계예대에도 생기면서 지금은 전국에 한 삼십여 개 대학으로 늘어난 거야.

누가 뭐래도 선생님께서 국악계에 큰 영향을 끼치신 건 맞네요.

황병기 | 내가 경기중고등학교를 나와서 서울대 법대를 나와 가야금을 한 거잖아. 국악은 후진 거고 형편없는 사람들이나 하는 거다, 라는 생각이 만연할 때니까 새롭기도 했겠지. 그건 내가 한 얘기가 아니라 여러 사람들이 그렇게 말한 거니까 객관적인 평가라고 할 수 있어. 요즘엔 그런 사람들

많잖아. 중앙대 총장 하는 박범훈씨도 원래 피리 불던 사람이고, 문화부장관 했던 김명곤씨도 창을 했고.

이대에서 정년을 하셨지요. 제자들에게는 어떤 스승이셨나요?

황병기 | 반성을 좀 해보면 난 교육자라고도 볼 수 없어. 난 교육에 별 관심이 없는 사람이거든. 특히나 작곡은 가르치고 배우는 게 거의 불가능해. 선생 얘기를 제자가 너무 귀담아들으면 창작이 안 돼. 제자는 있잖아, 선생 얘기 들으면서 딴 궁리를 해야 돼. 딴생각을 계속해야 창작을 하는 거야. 창작이라는 건 그만큼 배우고 가르치기 어려운 거야. 시도 그렇지 않아? 문예창작학과에서 어느 정도 테크닉은 배우겠지만 그걸로 창작이 다 되는 건 아니니까. 내가 보기에 일생의 절정기는 대학 시절이야. 그걸 놓치면 한 사람의 인생 전체가 끝나는 거야. 아무 돈벌이도 안 하고 공부만 한다는 거, 그게 어디 보통 혜택이야. 그래서 나는 지금 나와 공부하는 것이 일생을 두고 가장 즐거운 때였다, 학생들이 느낄 수 있게 강의해. 지금이 끝이야, 그러니까 목적이라고! 그러려면 재미를 느껴야 해. 조금 과장을 하자면 희열

에 차 있어야 한다고!

제자들에게 가르침의 덕목으로 중요하게 말씀하시는 게 있
다면요.

황병기 | 난 연주할 때 되도록 감정을 빼라고 말해. 음악
을 연주하려면 감정을 넣어야 하는데 감정을 빼란 건 뭐냐
면 코미디언을 예로 들면 쉬워. 코미디언이 코미디 할 때 자
기가 먼저 웃어버리면 보는 사람은 절대로 안 웃잖아. 절대
로 웃기지 않잖아. 정말로 웃기는 사람은 결코 먼저 웃지 않
아. 우리는 연주할 때 그래야 해. 그림같이 고요하고 손끝
에서만 불꽃을 튕겨야 한다고.

죄송한 말씀이지만, 선생님에게는 두 얼굴이 있어요. 하나
는 숨겨져 있는 어린이 얼굴이고, 또하나는 겉으로 보이는 노
인의 얼굴이요. 환하게 웃으실 땐 어린이 같았다가 입을 다무
시면 완전 호랑이 할아버지가 되세요.

황병기 | 나는 사실 좀 유치해. 나 스스로 생각해도 어릴 적
그대로야. 영어식으로 좋게 얘기하면 '차일드라이크childlike'
라고. 기자들이 인터뷰를 할 때도 어떤 틀을 만들잖아, 그

안으로 난 절대로 안 들어가. 저절로 그래. 사람들이 와서 내게 물어. 앞으로의 계획이 뭐냐고. 난 계획이 없거든. 그냥 살아. 그리고 계획하는 것도 싫어해. 변하지를 않아. 내가 북촌 가회동에서 났거든. 이대로 부임할 때 북아현동으로 이사 왔는데 차 타면 이대까지 정확히 사 분이야. 1974년부터니까 벌써 삼십육 년째 그냥 살아. 내가 쓰고 있는 전화기가 362-○○○○인데 오십년대 전화 그대로야. 내가 결혼한 게 1962년인데 그때 마누라 그대로야. 보라고, 내가 하는 악기가 뭐냐고. 우리 할머니 할아버지가 천년 동안 해온 걸 그대로 내가 하는 거야. 사람들은 내가 굉장히 혁신적인 일을 하는 걸로 아는데 그게 아냐. 그냥 물려받은 거잖아. 나는 고대고 아방가르드고 아무런 구별이 없어. 내 안에 그 둘이 다 있다고.

고 백남준 선생님이나 첼리스트 장한나와 친구시라는 얘기가 이해가 가요.

황병기 | 백남준은 나보다 네 살 위고, 장한나는 정확히 마흔여섯이 어려. 1968년 『월간중앙』에 내가 백남준을 소개했는데 그게 우리나라에 본격적으로 백남준을 알린 최초의

글이야. 원래 그 사람 집안이 재벌이야. 그러니 어려서부터 피아노도 치고 새 옷을 사다주면 가위로 막 썰고 자기 하고 싶은 짓은 다 했다고. 그러다 5·16이 터져서 집안이 몰락했어. 한마디로 거지가 된 거지. 그래서 그가 뭘 했느냐, 돈 좀 있다고 까부는 애들도 감히 한다고 나설 수 없는 비디오 아트를 한 거야. 그건 국가나 기업이 지원을 못하면 할 수가 없는 예술이야. 앞으로 나는 백남준 같은 예술가는 나올 수 없다고 봐. 역사의 특수적인 과정이 그를 만든 거거든.

장한나에게 가야금도 가르쳐주셨다면서요. 만나보시니 어때요?

황병기 | 한나랑은 보자마자 친구가 되었어. 이래저래 나랑 비슷한 점이 많잖아. 음악인인데 음대 안 나오고 나는 법대, 한나는 하버드에서 철학을 했고. 중요한 일 있으면 이메일 주고받고 그래. 나이가 무슨 소용이야. 내 마누라가 나보다 다섯 살이 많아. 가야금 배우러 국악원 왔다가 만났어. 나하고 같은 선생에게 사사했거든. 그러다 좋아져서 사는 거야. 간단해.

1962년에 결혼하셨는데 연상과의 결혼이 흔치 않던 시절이 잖아요.

황병기 | 남녀가 만날 적에 좋다 하면 잠깐, 그리고 구청 가서 그 사람 호적등본 떼어보냐. 그래서 나이를 확인하냐. 반은 농담이지만 남녀가 만나는 것은 들판에서 야수가 만나듯 그래야 하는 거야. 가령 들판에서 늑대와 늑대가 만났는데 너는 나보다 위냐 아래냐 이것부터 따지면 되겠냐고. 남녀가 만날 때 왜 만나냐. 딴 이유는 아무것도 없어. 단순해. 좋아서 만나는 거야. 그렇기 때문에 남녀가 만나서 연애할 때도 왜 좋아하는가 목적이 있다면 그건 불륜이야. 로미오와 줄리엣을 봐. 결혼하려고 사랑한 거 아니거든. 그럼 왜 사랑했느냐, 이유가 없는 거야. 〈라 트라비아타〉의 비올레타가 창녀라 불리는 이유는 돈 벌려고 남자를 만나서인데, 어느 날 한 남자를 만났더니 아무 필요 없이 그냥 만나고 싶더라, 그래서 비올레타의 순정이 싹튼 거잖아. 사랑에는 결혼이라는 목적이 앞서면 안 돼. 그만큼 불순한 거야.

그나저나 사모님이 쓴 소설은 다 읽어보세요?

황병기 | 그럼 읽어보지. 난 작업을 이층에서 하고 집사람

은 일층에서 해. 우리 서로 바빠.

　사모님 때문에라도 문학에 관심이 많으셨을 텐데요. 처음 작곡하신 곡이 미당의 시에 붙인 거라면서요.

　황병기 | 처음 작곡을 생각했을 때 일단 문학을 따라야겠다고 생각했어. 쉽고 안정적인 것 말이야. 문학은 내가 원하는 방향대로 전통적이면서 현대적인 시들이 있지 않았겠어. 옛날 사람이 쓴 것 같은데 현대적인 거, 그 시어를 음악으로 만들 요량으로 서정주의 「국화 옆에서」를 골랐어. 그리고 시어 하나하나에 충실한 노래를 썼어. 그게 내 첫 곡이야. 그때는 거꾸로 독창성을 배제했지. 그다음이 〈숲〉이라는 독주곡인데 가야금곡으로는 내 첫 작품이야.

　선생님께서 직접 작곡한 작품 연주해보시면 어때요?

　황병기 | 원래 내가 과작이야. 많이 못해. 작품이라는 것은 자기가 낳은 아이야. 부모가 반드시 자기 자식에 대해 많이 아는 게 아니거든. 오히려 눈이 멀 수가 있어. 마찬가지로 창작자라고 해서 자기 작품을 잘 아는 게 아니야. 음악의 경우만 봐도 알잖아. 유명한 작곡가들이 자기 작품 연주를 어

디 그만큼 하나.

그렇게 작곡한 곡을 녹음해서 미국에 있는 친구에게 보내기
도 하셨다면서요.

황병기 | 그게 백낙청이야. 낙청이가 나하고 초등학교부터
고등학교까지 동창이야. 몰랐지? 내가 창비 발기인 중 하나
라구. '창작과비평'이라는 이름 지을 때도 함께했었고, 창간
호 낼 때 인쇄소에도 같이 갔었어. 낙청이 걔는 학교 공부에
있어 가히 천재야. 걔 기억력이라는 건 상식을 뛰어넘어.
보통 우리가 태정태세문단세 어쩌고 조선시대 임금 이름을
외우잖냐. 근데 걔는 말이야, 삼국시대부터 외워.

네? 삼국시대면 신라 백제 고구려 그 삼국요?

황병기 | 그렇다니까. 보통 미국에 처음 유학 가면 어학 연
수를 받잖아. 근데 낙청이는 가자마자 영문학과 독문학을
동시에 전공했어. 걔가 하버드에서 석사만 받고 창작하겠
다고 한국에 들어왔다기에 집에 가보니까 영어로 된 책을
러시아말로 번역하고 있어. 불어도 현대시까지는 다 읽어.
일본말이야 뭐 저절로 날 때부터 아는 거니까 배울 필요도

없는 거고. 그래서 너는 외국어 잘해서 참 좋겠다, 하니까 낙청이가 그래. 내가 무슨 외국어를 잘하나, 미국에 가서 보니까 외국어 잘한다 소리 들으려면 최소 이십여 개국 이상의 나라 말을 해야겠더라, 대여섯 개면 창피한 거다…… 진짜 외국어 잘하는 사람이 제임스 조이스야. 나중에는 하다 하다 할말이 없어서 아프리카 어느 부족 말도 했다는데 외국어 잘하는 사람들의 특징이 한 삼 개월만 배우면 편지를 다 쓴대. 십여 개 나라 말만 해도 전 세계의 언어가 하나의 틀로 들어온다나.

선생님도 외국어에 관심이 많으시잖아요.

황병기 | 무슨 소리, 난 영어조차 포기한 사람이야. 그래서 지금도 하는 거야. 어쨌거나 외우는 건 재밌잖아. 심심해서 라틴어 독학했고, 그리스어 독학했고, 그래봤자 책 가지고 하는 거니까 잘할 리는 없고 그래도 해. 그냥 해. 수학책 푸는 걸 좋아해서 책상에 갖다놓고도 시간 없어서 못 풀고 있어. 난 수학을 공부하고 싶었는데 다행히 내 아들이 원 풀었어. 세계적인 수학자거든. 걔는 정말 수학에 미친 애야.

혹시 기적을 믿으세요?

황병기 | 기적이 안 일어나는 것이야말로 기적이다, 나는 거꾸로 생각해. 사과를 놓으면 백 번이고 천 번이고 떨어지지. 그것도 기적이야. 지구상에 몇십 억 인구가 사는데 어쩌다 한 사람은 삼백 년 오백 년 살 것 같은데 다 죽는 것도 기적이야. 오늘 내가 자네와 만난 것도 기적이야. 나는 그렇게 생각하고 살아. 공자가 그랬어. '인간에 대해서도 모르는데 어떻게 신을 아느냐'고. 또 '네가 모른다고 하는 것을 모른다고 하고, 안다는 것을 안다고 말하는 게 진짜 아는 거다'라고. 그래서 나는 공자가 좋아.

선생님 가야금을 듣고 있으면요, 별 이유 없이 그냥 쓸쓸해져요. 이 슬픔이란 과연 무얼까요.

황병기 | 사람들은 기쁨으로 사는 거야. 그런데 진짜 기쁨은 슬픔을 삼키고 나오는 거라야 해. 올림픽에서 금메달 딴 사람치고 안 우는 사람 봤어? 아름다움도 그래. 굉장히 아름다운 거 보면 눈물이 나와. 예술에 있어서의 근원은 슬픔이라고 나는 생각해. 예술적 창작이니 뭐니 하지만 시인이든 음악가든 눈물이 나올 정도의 작품을 내놔야 해.

현재 연대 초빙교수이시지요. 어떤 과목을 가르치고 계시나요?

황병기 | '한국전통음악의 이해'라고 교양 수업이야. 공자가 그랬어. '홍어시 입어례 성어락興於詩 入於禮 成於樂'이라고. 그러니까 결국 인간은 음악에서 완성된다잖아. 공자처럼 음악을 사랑한 사람은 없어. 음악을 좋아하고 또 본인도 음악을 했지. 나는 학생들에게 그러한 경지를 조금이나마 느끼게 해줄 생각이야.

제가 집에서 음반을 챙기다보니까요, 《침향무》《비단길》《미궁》《춘설》《달하 노피곰》 이렇게 다섯 장 있더라고요. 국악인으로는 드물게 고정 팬도 많으실 텐데요.

황병기 | 사람들이 내 음악 좋아한다고들 하는데 난 곧이곧대로 안 들어. 현대인이 자기 호주머니에서 돈 내서 음반을 사야 좋아하는 거지, 말은 아무런 소용이 없는 거야. 지금까지 내가 낸 앨범이 도합 사십만 장 정도 나갔거든. 많다고? 뭐가 많아? 이십 년 넘는 세월인데. 아무튼 내 음악은 대중적인 폭발력이 없어. 오랜 세월을 두고 꾸준해. 내가 처음으로 낸 음반이 《침향무》인데 내 음반 판매량 중 아

직까지 1위야. 1978년에 나왔는데 그때나 지금이나 팔리는 게 똑같아. 근데 왜 《미궁》 얘기는 안 물어? 나 보면 다 그 얘긴데. 그걸 세 번 들으면 죽느니 귀신 소리니 말도 많은데 가만 보면 판매가 제일 부진해. 늘 말만들 실컷이고.

다시 가야금으로 돌아와서요, 마지막 마무리 말씀 좀 해주세요.

황병기 | 나이 일흔 넘어 생각해보니까, 가야금은 내게 숙명적인 존재이구나 싶어. 내 인생에서 가장 중요한 일들은 다 가야금과 연관되어 일어났거든. 결혼도 그렇고 직장도 그렇고 분단 시대라서 북한이 또 중요한데 내가 1990년 민간인으로는 판문점을 발로 넘어간 사람 1호야. 북한방문단 단장이 나였거든. 그때는 냉기가 지금보다 심할 때잖아. 그 엄청난 장벽을 가야금 소리가 뚫었잖아. 결국 내 인생에서 가야금만 남는데 그건 내가 만든 게 아니야. 우리 민족이, 우리 조상들이 천년을 두고 쭉 해낸 거라구. 결국 나는 우리 민족이 나한테 선사한 악기를 가지고 평생을 먹고 놀았으니 그 고마움을 손톱만큼이라도 갚으려면 열심히 하는 수밖에 없어.

근데요 선생님, 우륵에 대해서는 어떻게 생각하세요?

황병기 | 뭐? 우륵? 따지고 보면 까마득한 선배지 뭐. 『삼국사기』를 보면 '상가라도上加羅都' '하가라도下加羅都'라는 게 나와. 요샛말로 하면 '업타운 가라' '다운타운 가라', 그 정도일 텐데 악보가 있어 뭐가 있어. 나는 그냥 〈가라도〉라는 곡을 한번 썼을 뿐이야, 우륵을 생각하면서. 보라고, 가장 순수하게 사라지는 게 음악이야. 이렇게 흔적도 없는 게 음악이라고.

(『풋,』 2009년 봄호)

읽을, 거리

ⓒ 김민정 2024

초판 1쇄 발행 2024년 1월 1일
초판 2쇄 발행 2024년 1월 18일

지은이 김민정

책임편집 김동휘
편집 유성원 권현승
디자인 한혜진
저작권 박지영 형소진 최은진 서연주 오서영
마케팅 정민호 박치우 한민아 이민경 박진희 정경주 정유선 김수인
브랜딩 함유지 함근아 고보미 박민재 김희숙 박다솔 조다현 정승민 배진성
제작 강신은 김동욱 이순호
제작처 영신사

펴낸곳 (주)난다
펴낸이 김민정
출판등록 2016년 8월 25일 제406-2016-000108호
주소 10881 경기도 파주시 회동길 210
전자우편 nandatoogo@gmail.com **페이스북** @nandaisart **인스타그램** @nandaisart
문의전화 031-955-8875(편집) 031-955-2689(마케팅) 031-955-8855(팩스)

ISBN 979-11-91859-70-6 03810